[德国] 赫尔曼·黑塞 著

Hermann Hesse

李贻琼 译

德米安
Demian
彷徨少年时

译林出版社

**图书在版编目（CIP）数据**

德米安：彷徨少年时 ／（德）赫尔曼·黑塞著；李贻琼译.—南京：译林出版社，2022.8（2022.10重印）
（黑塞精选集）
ISBN 978-7-5447-9108-3

Ⅰ.①德… Ⅱ.①赫…②李… Ⅲ.①长篇小说 - 德国 - 现代 Ⅳ.①I516.45

中国版本图书馆 CIP 数据核字（2022）第 060057 号

德米安：彷徨少年时 [德国] 赫尔曼·黑塞／著 李贻琼／译

责任编辑 韩继坤
装帧设计 廖 韡
校 对 戴小娥 王 敏
责任印制 董 虎

出版发行 译林出版社
地 址 南京市湖南路 1 号 A 楼
邮 箱 yilin@yilin.com
网 址 www.yilin.com
市场热线 025-86633278
排 版 南京展望文化发展有限公司
印 刷 苏州市越洋印刷有限公司
开 本 787 毫米 ×1092 毫米 1/32
印 张 6
插 页 10
版 次 2022 年 8 月第 1 版
印 次 2022 年 10 月第 2 次印刷
书 号 ISBN 978-7-5447-9108-3
定 价 42.00 元

扫码收听音频讲解

（可供三个微信号扫码免费收听）

　　讲解人：李双志，德国柏林自由大学文学博士，2014—2016年在德国哥廷根大学从事博士后研究，2017年起任教于复旦大学德语系。长期从事现当代德语文学与美学思想研究，也热衷于翻译德语文学和学术著作。出版研究专著三部，译著有《荒原狼》、《风景中的少年》、《浪漫派的将来之神》、《德意志悲苦剧的起源》(合译)、《比利时的哀愁》、《现代诗歌的结构》等。

山丘上的小教堂，1922

堤契诺的村庄，1923

红亭，1923

圣母教堂入口, 1923

# 黑 塞 自 述 [1]

1877 年 7 月 2 日，我出生在黑森林地区的卡尔夫。我的父亲是波罗的海日耳曼人，来自爱沙尼亚；我的母亲方面，她的父母是施瓦本人和法裔瑞士人。我的祖父是一位医生，外祖父是一位传教士和印度学家。我的父亲也曾在印度短暂做过传教士，母亲年轻时在印度生活过几年，并且在那里传过教。

我的童年是在卡尔夫度过的，后来我搬到巴塞尔住了几年（1880—1886）。我的家人国籍各不相同，我就在两个不同民族间成长起来，生活在两个方言各异的国家里。

我在符腾堡的寄宿学校度过了大半的学生时代，还在毛尔布伦修道院的神学院学习过一段时间。我的成绩不

---

1　本文作于黑塞获诺贝尔文学奖之时，收入霍斯特·弗伦茨所编《诺贝尔奖演讲录：文学奖，1901—1967》（阿姆斯特丹爱思唯尔出版公司，1969）。

错，拉丁语很好，只不过希腊语普普通通；但我是个不太服从管教的孩子，很难适应虔敬派的教育体制——这种教育的目标是压制与摧毁人的个性。从十二岁起，我就想成为诗人；对于成为诗人来说，并没有什么常规的或者是官方的路径，所以为了决定离开学校后该做什么，我很是苦恼过一些时候。后来，我离开神学院和文理中学，跟随一位工匠做学徒；十九岁时，辗转工作于图宾根和巴塞尔的多家书店与古董店。1899年，我的一小卷诗集付梓，随后又有其他几部篇幅不大的作品问世，但都默默无闻。直至1904年，我在巴塞尔写就、以瑞士为背景的小说《彼得·卡门青》大获成功。我放弃了售书的工作，娶了一名巴塞尔女子，养育了几个儿子，并搬到了乡间。彼时，远离城市与文明的乡村生活就是我的目标。从此，我一直生活在乡村，先是在盖恩霍芬的康斯坦茨湖畔居住到1912年，后来搬到伯尔尼附近，最终在离卢加诺不远的蒙塔尼奥拉定居下来，至今还住在这里。

1912年，我定居瑞士，不久第一次世界大战爆发，年复一年，让我愈加抵触德国的民族主义；自从我对群众性的建议和暴力进行了悄声抗议后，我就持续受到来自德国的攻讦，谩骂的信件也如洪水般涌来。德国官方的恨意在希特勒时期达到了顶峰，不过都被这些所抵消：年轻一代追随我，他们以国际性与和平主义的思维进行思考；我与罗曼·罗兰结下了友谊，这份友谊持续到他离世；远在印度、日本等国家，也有人与我有同样想法，并表达支持。希特勒垮台之后，我在德国重获认同，但由于受到纳粹的压制和战争的破坏，我的作品还没有得到再版。

1923年，我放弃了德国国籍，成为一名瑞士公民。第一次婚姻结束后，我独自生活了多年，后来再婚。诚挚的朋友们在蒙塔尼奥拉为我准备了一栋房子。

在1914年以前，我热爱旅行；我经常前往意大利，还曾在印度生活过几个月。此后，我几乎完全放弃了旅行，有十多年没有出过瑞士。

希特勒统治时期以及第二次世界大战爆发后，我花费了十一年的时间来创作两卷本小说《玻璃球游戏》(1943)。完成这部长篇作品后，由于眼疾发作，加上年老带来的其他各种疾病，我无法再从事更大篇幅的创作。

在西方哲学家中，对我影响最大的是柏拉图、斯宾诺莎、叔本华、尼采，以及历史学家雅各布·布克哈特。但他们对我的影响都没有印度哲学和稍后的中国哲学那样大。我对美术相当熟稔，也很喜欢，但与音乐的关系更为亲密，受到的启发也更多。从我多数的作品中，都可以看到这一点。在我看来，我自己特点最为鲜明的作品是诗歌（诗集，苏黎世，1942），小说则包括《克诺尔普》(1915)、《德米安》(1919)、《悉达多》(1922)、《荒原狼》(1927)、《纳尔奇思与歌尔得蒙》(1930)、《东方之旅》(1932)、《玻璃球游戏》(1943)。《回想录》(1937，1962年增订版）涵括了诸多自传性内容。我的政治随笔集最近在苏黎世出版，书名是《战争与和平》(1946)。

先生们，希望我这极为简略的概述能令你们满意，我的健康状况已不允许我更为详尽地进行下去了。

（韩继坤　译）

# 目 录

我之所愿无非是尝试依本性而生活，
却缘何如此之难？


　　我的故事，要从很久以前讲起。如果可能，须追忆到我的幼儿时期，甚至更久远，追溯到我的祖辈。

　　作家创作小说时，喜欢从上帝视角出发，仿佛自己能通观和洞悉主角的一生。他们的叙事也像上帝给自己讲故事，不加遮掩，仿佛处处都是亲历。这一点我做不到，其实他们也没有真正做到。然而，我的故事于我而言，比作品之于其他作者的意义更为重要，因为那是我自己的故事，它真实存在，关乎一个人成长的历程，绝非杜撰和虚构。我的主角是实实在在的、唯一的、活生生的人。当今社会，人们对真实人物比以往更缺乏了解，甚至成批地将其戕害，尽管他们是大自然独特而珍贵的造物。假设我们不是独特的存在，可以用枪炮一一了结，那么讲故事也就没有意义了。每个人不只是他个体本身，也是与世间万物交汇一处的唯一、独特、重要的节点，这个节点是不可复制的。因此他的呈现是绝无仅有的，每个人的故事都永恒而神圣。人的存在只要满足了自然的意志，呈现美好，就值得关注。我们都是神性的化身，造物主在每个人身上受难，救世主也在每个人身体里被钉在十字架上。

当今，很少有人了解人为何物。某些人有所觉知，最终将能轻松直面死亡。如我，写完这个故事以后，我会更加从容地面对死神。

我不认为自己世事练达，我曾经是、现在依然是个探索者，但我不再去星辰或书本里寻找知识，而是开始倾听内心血液的沸腾。我的故事或许令人不快，不如虚构的和谐甜美，散发痴迷、疯狂与梦幻之味，正如所有不愿再活在谎言之中的人的生活。

人的一生是自我寻觅的过程，在大大小小的路途上尝试并获得启示，没有人能得到完美的结局。然而，每个人都在朝着它努力，或愚笨或明晰，尽着自己的所能。我们无法摆脱自己出生的痕迹，身体背负着史前世界的黏液和蛋壳，直到永恒的终点。有些生命永远无法进化为人，它们止于青蛙、蜥蜴和蚂蚁，有的则人鱼各半。但我们都是自然之子，都在迈向人类的路途中，起源和母体一样，来自同一个黑洞，努力从生命深处爬向自己的目标。我们可以相互理解，但自我的诠释却只能亲力亲为。

# 两 个 世 界

我的故事始于我十岁那年,当时我在家乡小镇上拉丁学校。

无数纷杂的记忆扑面而来,在我内心搅起痛苦和快意的波澜:昏暗的小巷,明亮的房屋,钟楼、钟声和五花八门的面孔,舒适温暖的小屋,神秘诡异的房子。空气中散发着狭窄空间里冒出的热气、兔子和女仆的气息,以及草药和干果的气味。日与夜始于地球的两极,交替行进,将两个世界交织在一起。

一个世界是父母的家,这里的一切我再熟悉不过。它意味着慈爱又严厉的父母,各种规范与学业要求,以及柔和洁净的环境。在这个小家里,谈话温柔友善,手和衣物永远洁净,人人拥有良好的习惯。这里有早晨的诵祷和圣诞夜的喜乐,一切有条不紊,未来一片光明。这是一个兼具责任与义务、良心与忏悔、道歉与祝愿、爱与倾慕、祈祷文与智慧的世界。大家都恪守规则，这样生活才会明晰、美好而秩序井然。

与此交错重叠的还有另外一个世界，弥漫着迥异的气息。在那里，人们说着不同的语言，做着不同的承诺，提着不同的要求。那里有女仆、学徒、鬼故事和丑闻八卦，是一条色彩绚烂的河流，流淌着怪异、诱惑、恐惧和神秘事物。那里有屠宰场、监狱和醉汉，有骂街的妇人、正在生产的母牛和奄奄一息的马匹，有抢劫、谋杀或自尽之类的故事。所有这些美丽、恐怖、狂野而可怕的事就发生在相邻的巷弄或隔壁房屋。警察追赶着流浪汉，醉汉在打老婆，女工们傍晚从厂门蜂拥而出，老巫婆念着咒语，强盗躲进森林，乡警追捕纵火犯……这个世界处处散发着强烈而奇特的气息。我的家仿佛一座孤岛，充满和平、秩序、宁静，崇尚职责与良心、谅解与爱意。相形之下，家里的一切显得愈加美妙。如果需要，我可以瞬间从嘈杂刺耳、昏暗暴力的外界逃离到这个母亲的世界。

最奇妙而令人费解的是，这二者近在咫尺却又大相径庭。比如我们的女仆莉娜，在晚祷时分坐在门边，干净的双手放在抚平的围裙上，用她清亮的歌喉为我们的祈祷和唱。此时的她，和我的父母、和光明正义的世界完全融

6

为一体。过一会儿，当她在厨房和柴屋里给我讲"无头小矮人"的故事，或是在肉铺中和邻里婆娘吵架时，她又像换了个人，完全属于另外一个世界，浑身笼罩着某种神秘的气息。我周围的一切都这样，尤其是我本人。首先，我是父母的乖儿子，属于光明正义的第一世界，但耳目所及的一切，却是第二世界的生活，尽管它很陌生，有些阴森可怖，经常让人良心不安或恐惧，但我更喜欢那个充满禁忌的国度，而回归正道——有时这很必要并且美好——几乎成了令人扫兴的事，徒增无聊单调之感。我知道自己终究要成为和父母一样的人，光明纯净，审慎有序，在到达这个目标之前，还有很长的一段路要走。我需要上学、读书、考试，途中必定经过或穿越阴暗的第二世界，却不能滞留其中沉沦下去。我热衷于阅读失足少年的故事，看他们误入歧途，在邪恶的世界堕落，但终能迷途知返，回到父母和良善世界的怀抱。故事的结局令人释怀，其中的德行与良善固然令人向往，但说实话，邪恶与迷失的情节似更引人入胜，失足者的忏悔和回归反倒令人遗憾。不过，这些想法只能藏在自己的潜意识里，不可高声告人。我想象中的魔鬼，大约都停留在简陋的街区、年终集市或小酒馆里，有的带着伪装，有的公然现身，但绝不会驻足于我父母的家。

我的姐姐们同样属于光明的世界。她们的本性更接近父母，教养良好，有时也会犯点错误或淘气一下，但从不过分。我与低俗世界接触多了，颇有负罪感。她俩理应得到与父母一样的爱护与尊重，每次和她们吵架都让我良心不安，常常自责并恳求她们原谅。冒犯她们就等于冒犯父母，亵渎了善意和权威。有些秘密我宁愿与街上的浪荡儿分享，也不愿告诉自己的姐姐。高兴时，我也喜欢和她们玩在一处，变得乖巧规矩，像个高贵有教养的天使。和谐的氛围，甜蜜的天使，像在过圣诞节，这大约是我们最完美的幸福时刻了！遗憾的是，这样的时光太少。有时，即便只是做些无伤大雅、大人允许的游戏，她们也会觉得我的言行过于激烈粗野，因此常常闹得不欢而散。我生气时会变得歇斯底里，行为言语连自己都无法接受，事后只好请求她们的原谅。接下来的时光，阳光重又明媚，我平静感恩，不再精神分裂，又会得到几个小时或者片刻的幸福时光。

在学校，市长的儿子、林区主任的儿子和我同班，我们常常结伴玩耍。他们有些狂放不羁，但终究是属于第一世界俱乐部的。而"低人一等"的公立学校的学生中也有我的好友。我的故事就要从这样一个孩子说起。

那是我刚过十岁生日后不久，趁着下午没课，我和隔壁两个孩子出去闲逛。半路遇到了弗朗茨·克罗默。他比我们年长，十三岁左右，身体强壮，性格粗蛮。他也上公立学校，父亲是个裁缝，经常喝得烂醉如泥，一家人名声都不好。我认识他，也怕他，所以很不情愿他加入我们的行列。他已经很像个成年男人了，走路说话喜欢模仿厂里的学徒。他带着我们沿桥走下堤岸，来到第一座桥拱下。桥拱与缓缓流淌的河水之间有一道狭窄地带，堆满了碎石、垃圾、生锈的铁丝卷和其他垃圾。在这些废物里有时能找到些有用的东西。弗朗茨·克罗默要我们发现什么东西都向他报告，他过目后，有用的揣自己兜里，其他的就直接扔了。他让我们特别留心含铅、黄铜或锌的制品，以及旧牛角梳子之类。有他在身旁，我一路感到惴惴不安，倒不是因为父亲禁止我们来往，而纯粹是因为我怕他。好在他对我们几个一视同仁，并没有另眼看我。他下达命令，我们服从就是了。虽然是第一次和他在一起，但我好像已经习惯了听命于他。

终于，我们可以坐下来休息了。弗朗茨像大人一样往水里吐唾沫，从牙缝里吐出去，可以准确命中目标。我们开始闲聊起来，男孩们喜欢自吹自擂，谈论在学校的种种"英雄事迹"或恶作剧。我没说话，同时又担心我的沉默会招致克罗默的注意，惹他生气。两个同伴打他一来就躲着我，我成了孤家寡人，我的衣着和说话方式都与他们格格不入，我上的学校和我的家境都让弗朗茨不爽。而另外两个家伙，只要形势一变，马上就会见风使舵，弃我于不顾。

在这样的压力之下，我想起来编故事，并声称自己就是主人公。我说，一天夜里，在转角磨坊的花园里，我和同学偷了一大袋苹果，是上好的莱茵特金苹果。我情急之下躲进这个故事里，杜撰和叙述自然流畅，生怕一停下来会让情势变得糟糕。我还特意添油加醋，说我们俩一个望风，另一个上树往下扔苹果。结果袋子太沉了，不得不倒了一半苹果出来，半小时后又回去取剩下的一半。

故事讲完了，我希望能听到点喝彩声。我瞎编的时候整个人都沉浸在故事里，浑身发烫。两个男孩儿默不作声，等克罗默表态。弗朗茨·克罗默眯缝着眼，目光锐利，咄咄逼人地问道："这是真的？"

"当然。"我说。

"千真万确？"

"是的，一点不假。"我咬牙死扛，心里紧张得要死。

"你敢发誓吗？"

我有些害怕，但还是立即保证。

"好，那你说：'我对上帝起誓！'"

我说："我对上帝起誓！"

"好！"他终于信了，随即转过身去。

我以为这事就算完了，看他起身开始往回走，心里暗自高兴。走到桥上时，我怯怯地表示我得回家了。

"别急呀，咱俩同路。"弗朗茨说。

他慢悠悠地在前面晃荡，我不敢独自跑开，他的确在朝我家的方向走。终于，我看到了自家大门和门上那厚厚的铜把手，看到了洒在窗上的阳光和母亲房间熟悉的窗帘，我长长地舒了口气。啊，终于到家了，这光明、平安的世界！

我迅速打开门，逃将进去。可就在我关门的当口儿，弗朗茨·克罗默挤了进来。铺着瓷砖的走廊清冷阴暗，只有朝院子的窗户能透一点光进来。他抓住我的胳膊说："别着急跑啊！"

我惊恐地望着他。他的手像钳子一般紧紧箍着我的胳膊。我在心里揣测他的意图，他是要打我吗？如果我这时大声喊叫，应该有人能下来救我。但我还是放弃了。

"怎么了？"我问，"你要干什么？"

"没什么，就是问你点事，咱俩私下谈。"

"哦，啥事？我得上楼去了。"

"你知道磨坊边上的果园是谁家的吗？"弗朗茨轻声问。

"不知道，是磨坊主的吧。"

弗朗茨用胳膊圈住我的脖子，把我拉到他面前，恶狠狠地看着我，脸上是恐怖和威胁的坏笑。

"那么，小子，让我来告诉你果园是谁家的。我早知道有人偷苹果，我还知道，磨坊主悬赏两马克捉拿小偷呢。"

"天哪，"我喊出声来，"你不会去告发我吧？"

我觉得自己不可能指望相信他的话。他来自另一个世界，告密对他来说没什么大不了，我们完全是两路人。

"不去告发？"克罗默笑起来，"我亲爱的朋友，你以为我会造币吗？我是穷人，不像你有个有钱的爹。放着赚两马克的机会不赚那是傻子，搞不好他还会多给我几个子儿呢。"

他突然放开了我。楼道里的气氛不再和平静谧，我周遭的世界崩塌了。他要告发我，我成了罪犯，父亲也要晓得了，搞不好警察还会上门。所有可怕的事就要在我身上发生，丑恶和危险就要降临，是否偷东西的事实已经无关紧要，而我竟然还发了誓。上帝，我的上帝啊！

泪水流下我的脸颊。我想到或许可以用钱买通他，我绝望地在口袋里胡乱搜索，哪怕有个苹果也好，小折刀也行啊，可是什么都没有。我想起一只老旧的银表，是祖母送给我的，已经不走了，我戴着它只是装样子的。我飞快地把它摘下来。

"克罗默，"我说，"听着，请不要告发我，那多不体面。我可以把我的表送给你，喏，就这个，可惜我没别的东西可以给你。这是银的，现在归你了。这表不错，就一点小毛病，稍微修一下就好了。"

他笑起来，用他那只大手拿起表。我盯着那只手，它是那么粗鄙，充满敌意，扼住了我的生命和平静的生活。

"是只银表呢。"我嗫嚅道。

"我鸟你个银子和老表做什么！"他声音里充满了鄙夷，"你自己去修吧！"

"可是弗朗茨，"我声音颤抖着，担心他马上会跑开，"等一下，把表拿上！这真的是银的，我现在实在没别的东西给你。"

他冷漠而轻蔑地看着我。

"你知道我会去哪儿吗？我应该找警察告发你，我和他们熟得很。"

他转身要走，我上去一把拉住他的袖子。我宁愿死，也不能让他这样一走了之，谁知道会有什么事发生在我身上。

"弗朗茨，"我央求他，一着急声音也变得嘶哑，"别干蠢事。好吧，我承认我是开玩笑的。"

"开玩笑？这玩笑可是开得有点大！"

"那你说要我做什么，我什么都答应你！"

他眯起眼睛仔细打量我，又笑起来。

"别傻了！"他虚情假意地说，"你很清楚我没什么钱，不可能把到手的两马克扔了。你还有只表，我有啥？只要你给我两马克，咱们就把这事一笔勾销。"

这要求不算过分。可是对我来说，两马克和十马克、一百马克、一千马克一样遥不可及。我自己没钱，只有个小储蓄罐放在母亲那里，叔叔舅舅们逢年过节来，有时会丢个十芬尼[1]五芬尼进去。除此之外我一无所有，那个年纪

---

1　芬尼为德国旧货币单位，一百芬尼等于一马克。

我还没有零花钱。

"可是我没有两马克啊,"我伤心极了,"我真的没钱,除此之外我什么都可以给你。我有本讲印第安人的书,有士兵玩偶、指南针。我这就去给你拿来。"

克罗默撇了撇他放肆而恶毒的嘴,往地上啐了一口。

"别废话了!"他命令道,"自己留着你那些零碎吧,还什么指南针,别惹翻了我。快,痛快给钱!"

"可是我没钱啊,我家里从来不给我钱,我也没办法。"

"那这样吧,明天必须把钱带来,我上午放学后在集市那儿等你。如果没钱,你就等着瞧!"

"可是,我上哪儿弄钱去呀?上帝啊,我又没有……"

"你们家有的是钱,怎么弄到手,那是你自己的事。记得啊,明天放学后!我告诉你,如果明天不带钱来……"他再一次用那可怕的眼神瞪着我,啐了一口,然后幽灵一般消失了。

此时我已经没有力气上楼了。我的生活全毁了,我甚至在想是不是要离家出走,或者干脆跳河淹死算了。我在黑暗中胡思乱想,坐在最下面一级台阶上,蜷缩成一团,沉浸在自怜自艾中。这时莉娜挎着篮子下楼取煤,发现了正在哭泣的我。

　　我求她别跟家里说，然后随她一起上楼。看到玻璃门挂钩上父亲的礼帽和母亲的阳伞，家的温柔和亲切感迎面扑来，我像浪子再次望见家乡的小屋，闻到它熟悉的气味，不禁满心感激和祈求。然而，这一切都将不再属于我，我远离了父母的光明世界，深深卷入陌生的罪恶洪流，被金钱与罪恶缠绕，等待我的只有敌人的威胁、恐惧和耻辱。礼帽、阳伞、过道上方的巨幅油画，以及客厅传来的姐姐们的声音，一切都显得比以往更亲切、更温柔和宝贵。然而它们不再属于我，无法带给我安慰与快乐，不再是我的财富，反而成为最严厉的谴责。我的鞋子上沾满了污秽，在擦鞋垫上怎么也擦不掉。我随身带着一片阴霾，家的世界对它一无所知。我曾经有过的许多秘密与忧虑，相比今天的事，都成了无足轻重的儿戏。厄运在后面追赶着我，无数双手伸过来，即便母亲也保护不了我。这件事我不能让她知道，我的过错——无论是偷盗还是撒谎（我以上帝之名发了伪誓）——并不重要，关键是我把自己交到了魔鬼手上。那天我为什么要跟他们一起出去？我为什么要听从克罗默的话而不是自己父亲的，为什么要编造偷盗的故事，用它来炫耀，好像这是什么英雄行为？现在，魔鬼拉着我的手，敌人也尾随而来。

一时间，我忘了对明天的恐惧，只是忧虑自己从此将一路下落直至无底的深渊。我知道自己现在只能不断地撒谎去圆谎，在父母姐姐面前的表现、问候和亲吻都是欺骗。我只能把秘密深藏于内心。

瞥见父亲的礼帽时，我心里突然燃起了信任与希望。我想对他吐露一切，让他了解内情并拯救我，让他评判和惩戒我，像以前一样，在沉重苦涩的时刻表示自己沉甸甸的悔恨，恳求他的谅解。

这想法甜蜜而有蛊惑性，但终究没有实施。我知道自己不会这么做。我从此怀有了自己的秘密，一项债务，一颗只能独吞的苦果。或许，从此我将走上另一条路，永远属于坏人，与恶魔分享命运，依赖并服从他们了。谁让我去逞英雄，现在是必须承担后果的时刻了！

进屋时，父亲只注意到我的湿鞋子，并没有问别的，这让我大松了一口气。我借机找理由为自己辩护，话题就扯到其他事上了。我心里竟然产生了一种恶毒、尖刻、大逆不道的想法：自己比父亲更优越。他竟然为一双靴子而责骂我，好像那是一桩多重的罪！我在那一刻很轻视他的无知，心想："你知道什么啊！"就好比一个杀人犯被指控的理由只是偷了个小面包。我知道自己的想法令人唾弃，但感觉它很强烈，很诱人，牢固地将我与自己的秘密和罪责绑在一起。克罗默这会儿大概已经到了警局，暴风雨就要来了，而他们还在这儿把我当小孩看！

我的这段经历中，这一时刻最为重要，影响最为深远。父亲的神圣权威第一次遭到质疑，我孩提时代的支柱出现了第一道裂痕。每个人在成为自我之前，都必须打破之前固有的东西。这些经历并非肉眼可见，却是命运内在而本质的脉络。裂痕会弥合，可以被治愈被遗忘，但它永远寓于内心某个隐秘的角落继续淌血。

这个想法让我惊恐不已，我几乎要伏在父亲脚下祈求他的原谅。但有些原则性的问题难以求得谅解，孩子和智者一样心内自明。

我的当务之急是考虑明天该怎么办。但整个晚上我都忙于适应客厅里奇怪的氛围：挂钟和桌子，《圣经》和镜子，书架和墙上的画，它们似乎都在和我告别。想到这幸福美好的世界将离我远去，我心痛不已。我的人生将与外面那黑暗可怖的世界纠缠一处，我仿佛闻到了死亡苦涩的味道。死亡也意味着新生，和对改变的恐惧与担忧。

做晚祷时，我痛苦万分，仿佛被最后的地狱之火煎熬。全家人一起唱了一首我平日最喜欢的赞歌，但我却没出声。这一刻，每个音节对我来说都是苦胆和毒药。父亲在祷告结束时最后的一句"你与我们同在"，我也没有跟着附和。一阵痉挛将我拉走，远离了我的家人，远离了主的恩惠。我觉得又累又冷，独自走开了。

终于可以躺到自己的床上了！高兴之余，温馨与安宁再次亲密拥抱我。母亲像往常一样对我道了晚安，她的脚步声还在房间里回响，她手中的蜡烛从门缝还依稀可见，我不由自主又想起今天的事，无尽的焦虑又涌了上来。我多么希望母亲能折返回来，能看出我的心事，吻我并满怀慈爱地询问我。然后我大哭一场，将心上的石头融化，在她怀里坦白一切，那时我便得救了。然而，门缝中的烛光越来越暗，我凝神听了一阵子，臆想中的情景并没有发生。

之后，我又想起自己面临的困境。我的死敌克罗默的样子还历历在目：眯着一只眼，咧着嘴唇，笑得十分粗鄙。我在心里盯着他看，他的嘴越变越大，人越来越丑陋，恶毒的眼里像魔鬼一样亮着……我蒙蒙眬眬地睡去，竟然没梦到他，也没梦到今天发生的事，却梦见和家人一起泛舟湖上。适逢假日，四周一片和平静谧。夜半醒来，我还在品尝那幸福的滋味，女孩儿的白色连衣裙还在太阳下熠熠发光。然而，一想到克罗默邪恶的眼神，我一下子从天堂又跌入了地狱。

第二天早晨，母亲匆匆进来，抱怨这么晚了我怎么还不起床。我脸色难看，母亲问我是不是不舒服，我一下子呕吐起来。

这样似乎就妥了。我喜欢生点小病，这样可以赖在床上，享受一杯端到床前的洋甘菊茶，听母亲在隔壁收拾房间，莉娜在门廊上和卖肉的讨价还价。上午不用去上学是最让人幸福的事，宛如生活在童话里一般。照进卧室的阳光和学校教室绿窗帘透进来的光线都不一样。可是今天，这一切都变了味儿，所有的声音听上去也不再美妙。

如果真要死了也好！但我只是有点不舒服，这个借口可以豁免逃学，但解决克罗默的问题却远远不够，他十一点会准时在市场等我。母亲的关心没有带来一丝安慰，只让我觉得厌烦和痛苦。我假装又睡着了，想着自己的心事，但想也没用，我必须在十一点赶到市场。到了十点，我悄悄起床，声称自己已经好多了。和平日一样，母亲让我要么继续上床睡觉，要么下午再去学校。我说我现在就想去上学。我心里已经有了计划。

我绝不能空手去找克罗默，我得找到属于自己的那个储钱罐。里面钱不多，远远不够两马克，但总比没有强。直觉告诉我，这比什么都不带要好得多，可以暂时应付一下克罗默。

　　我穿着袜子悄悄溜进母亲房间，从她的书桌里拿出我的储钱罐。我感觉很不好，虽然不似昨天那么糟糕，但感觉心跳加速，几乎要窒息。下了楼，才发现储钱罐是锁着的，这更让我感到无所适从。罐子很好撬，只是薄薄的一层金属网，但那撬开的口子让我感到痛苦。自己以前只是偷吃点水果糖块之类的甜食，而这次是真正的偷盗，尽管这储钱罐属于我。自己离克罗默和他的世界又近了一步。虽然我竭力抵抗，却一点一点堕落下去。就让魔鬼把我带走吧，现在已经没有回头的路了。我提心吊胆地数着钱，罐子听上去满满当当，但到了我手里只有可怜的六十五芬尼。我把罐子藏在最下一级台阶后面，紧紧攥着钱，出了大门。这一次离开家，心情完全不同，楼上好像有人叫我，我没有理会，飞快地离开了。

　　时间还很充裕，我绕道穿行在小城的巷子里。在我眼里，一切都不同了，白云和经过的房子好像都在看我，人们也都怀疑地审视我。我想起有个同学曾在牲畜市场上捡到过一塔勒[1]，我祈祷上帝能再次展现奇迹，让我也发点小财，我愿为此不断祈祷，但我已经没有这个权利了。我的小储钱罐也无法恢复原样了。

弗朗茨·克罗默老远就看到了我，却故意慢吞吞地走过来，假装对我毫不在意。走到近前，他用眼神命令我跟上。我跟在他后面，没敢朝两边看，一声不吭，沿稻草胡同走上一座小桥。他在最后一排房子边停下脚步，站在一幢还没盖完的房子前，墙壁上空空如也，还没装门窗。他四下看看，走了进去。我紧随着他进去。他走到墙后，用眼神叫我过去，伸出手来。

"带来了吗？"他冷冷地问。

我把攥着拳的手从裤子口袋掏出来，把钱放进他展开的手中。他数了数，还没数完最后五芬尼，就说话了。

"这只有六十五芬尼。"他看着我说。

"是的，"我胆怯地回答，"这是我所有的钱了，我知道远远不够，但暂时就只有这些了。"

"我还以为你是个聪明人呢，"他的苛责几乎是温柔的，"君子办事要懂规矩，我不会无缘无故拿别人的东西，

---

1  塔勒是德国旧货币单位，形式为银币。

这你是知道的。把你这点钢镚儿拿回去吧。有人会给我这两马克的，你知道是谁。"

"可是我真的是没钱呀，这是我所有的积蓄了！"

"那是你的事儿。好吧，我也不难为你。你现在还欠我一马克三十五芬尼，啥时候给？"

"克罗默，我保证，一定会给你！现在还说不准——估计很快吧，明天或者后天。你知道，我不能跟我爸说这事儿。"

"这我就不管了，也不是我逼你，我原本应该在中午前拿到我的钱。你也看得出我很穷，看看你的高级衣服、你的午餐，都比我强百倍。我也不说别的了，这样吧，后天我去找你，就下午。你能听出我的口哨声吧？"

他又吹了一次，这口哨声我经常听到。

"是的，"我说，"我知道。"

他走开去了，好像我们根本不认识。我们之间就是一桩生意，别无其他。


我相信，即便今天，忽然听到克罗默的口哨声，我依然会心惊肉跳。自那天起，我的耳边时不时就响起那口哨声。无论我在哪里，无论我在做什么——玩耍、学习还是想自己的事，他的口哨声总是无孔不入，掌控了我，成了我的宿命。我喜欢待在缤纷绚丽的花园里，在秋天和煦的中午玩儿时的游戏。此时，我变成了另一个男孩儿，年纪更小，纯洁无瑕，自由，充满安全感。突然，克罗默的口哨声不知从何处飘来，既在意料之中，又意外得令人瑟瑟发抖，一下打断了我美好的生活和幻境。我只好立刻起身，跟着我的魔鬼去某个丑恶的地方，向他报告自己的进展，听任他向我索债。这种情况持续了几个星期，但我感觉有好几年，没完没了。我很少能弄到钱，偶尔从厨房偷到五芬尼、十芬尼，因为莉娜有时会把买菜篮子和钱放在厨房桌上。每次见面，克罗默都把我骂得狗血喷头，反复羞辱，说我是骗子，偷他的钱，让他日子难过。一生中，我从未经历过如此痛苦而无望的绝境，被他完全攥在手心里，无力摆脱。

我用游戏筹码填满了储钱罐，把它放回原处。虽然没人问起过，但它经常让我坐卧不安。每次母亲轻轻走到我身边，比克罗默的口哨声更让我害怕，我担心她是否来问我储钱罐的事。

因为我手里经常没钱，克罗默开始用其他方法折磨我，利用我。他父亲经常指派他干活，他就让我替他把活儿干了。或者想尽办法为难我，比如单腿在地上跳十分钟，在路人身上贴纸条，诸如此类。有时，我在夜里梦到自己还在干这类苦差事，醒来后汗如雨下。

后来，我病了好一阵子，呕吐不止，浑身发冷，夜里发烧出汗。我母亲觉得不对头，经常跑来嘘寒问暖。因为无法对她坦白一切，我倍感折磨。

一天晚上，上床后，母亲给我拿来一块巧克力。我小的时候，如果某一天我表现很乖，睡前就会得到这样的奖励。而现在的我痛苦不堪，一个劲儿摇头。她摸摸我的头，问我哪里不舒服，我冲口而出："不要，不要，我什么都不要！"母亲把巧克力放在床头柜上，默默离开了。第二天她问我究竟怎么了，我假装什么都不记得了。她请医生来给我检查，医生的处方是，让我早上起来洗冷水澡。

那段时间，我像得了癔病的病人。在宁静有序的家里，我像个幽灵一样，活得战战兢兢，备受折磨，很难融入家人的生活，有时甚至忘了自己身在何处。面对父亲的责备和质问，我报之以无言的冷漠。

# 该 隐

让我脱离苦海的救星来自完全意想不到之处,并且为我的生活打开了新的篇章,其影响一直延续至今。

不久前,我们学校转来一位新生。他母亲是个富有的寡妇,新近搬到我们这个小镇。男孩胳膊上还戴着黑纱,看样子父亲去世不久。他比我高一年级,大好几岁。男孩一到就引起了大家的注意。他看上去比实际年龄成熟很多,在我们一群稚气未脱的毛小子当中像个大男人,像个绅士。他并不受欢迎,也不参与我们的游戏,更不打架,只是他在反驳老师时那自信而坚定的语气令大家颇为赞赏。他名叫马克斯·德米安。

有一天,不知什么缘故,德米安所在的班级来到我们大教室,一起上第二堂课。这在我们学校是常有的事。我们刚上完《圣经》史,高年级的孩子要写一篇作文。老师正在讲该隐和亚伯的故事[1]。我时不时地看看德米安，不知为何，他的脸对我有一种特别的吸引力——聪明、俊朗、坚毅。他全神贯注地俯身书写着，不像在写作业，倒像个学者在撰写论文。我并不喜欢他，反而有点反感，因为他在我们中间很有优越感，显得很酷，还有一种极具挑衅的自信。他的眼神也像成年人，忧郁中透着玩世不恭，小孩子从来都不喜欢。但我就是忍不住要看他，说不上是出于好感还是讨厌。等他忽然转头看我，我会慌张地收回目光。回想起来，他那时就很独特，有个性，方方面面都和别人不同，颇有鹤立鸡群之感。他穿着做派都像个王子，仿佛自己屈尊置身于一群乡村孩子中间，还得和他们打成一片。

那天，放学回家的路上，他一直跟在我身后。等别的孩子散去后，他赶上来打招呼。他尽量模仿我们的腔调说话，但听上去还是像个大人，客气有加。

"我们同行一段好吗？"他和气地问。我有点受宠若惊，点头表示同意，告诉他我家住的方向。

"哦，是那儿呀，"他微笑着说，"我知道那栋房子，

---

1　关于两人的故事和该隐的记号，具体可见《圣经·旧约·创世记》4：1—16。

大门上方有个奇怪的装饰，我一到这儿就发现了。"

我一时间不太明白他指的是什么，奇怪他比我还熟悉我家的房子。原来，大门拱顶的一块石头上有枚徽章，经年累月已经磨平了，后来又多次粉刷了各种颜色。就我所知，那徽章和我们家并无渊源。

"这我还真不清楚。"我很害羞，"那好像是只鸟或者类似的什么东西，应该很古老。听说这房子以前是修道院。"

"有可能。"他点点头，"回头你仔细看看，这些东西很有意思。我感觉那是只雀鹰。"

我们继续走着，一路上我有些拘谨。突然，德米安大笑起来，仿佛想到了什么特别好笑的事。

"你们上课时我偷听了一会儿，"他兴致勃勃地说，"关于该隐的故事，他额头上有个印记，对吧？你喜欢这个故事吗？"

我不喜欢，课堂上教的内容很少有我喜欢的，但我没敢承认，我觉得自己是在和一个成年人探讨问题。我跟他说我还蛮喜欢那个故事。

德米安拍了一下我的肩膀。

"亲爱的，在我这儿你不用装。不过这故事很蹊跷，感觉比所有别的故事都奇怪。老师讲得也不深入，只是一些有关上帝和原罪之类的老生常谈。但我以为……"他欲言又止，微笑着问：

"你愿意听我聊这个话题吗？"

看我点头后，他继续道："其实，关于该隐的故事，老师们讲的知识多数是正确的，但我们如果换一种方式去看，可以更好地理解其中的意义。以该隐和他额头上的印记为例，我们对老师的解释就不满意，你不觉得吗？一个人在争执中打死自己的弟兄，这有可能；之后感到害怕并忏悔，这也合理；可是上帝用一个印记来表彰他的懦弱，为他提供庇护，把其他人吓跑，这就有点太牵强了。"

"当然。"这个话题越来越吸引我了，"那我们该当如何解释呢？"

他又在我肩上拍了拍。

"很简单嘛，故事的起因就是那个印记。一个人脸上长的东西令人害怕，谁都不敢碰他，其子孙也让人敬而远之。也许，不，是肯定，他额头上并没有像盖了个戳一样真长了什么东西，否则这故事也太粗制滥造了。那印记应该是我们看不见摸不到的，比如灵异和胆识，是他身上的一种力量让人害怕，这就是他的'印记'。人们喜欢随意解释，只要让自己适意或能自圆其说就好。他们敬畏该隐的子孙，因为他们有'印记'，所以没有按原本'嘉奖'的意思去解释，反而说有印记的人是可怕的。是的，具有勇气和个性的人，总会让别人害怕。有这样一个无所畏惧、令人不安的家族在周围晃荡，让他们很不舒服，于是把绰号和无稽之谈强加于他们，只为了报复，以弥补自己的恐惧。这么说你明白吗？"

"明白。那你的意思，该隐并不是坏人，而整个故事也不是真的？"

"是，也不是。这些古老的故事都是真的，但是被记录和解释的方法不一定真实。总之，我认为该隐是个了不起的家伙，只是人们出于害怕给他编造了许多故事，都是些谣言，之后又以讹传讹。有一点是真的，该隐和他的子女的的确确带有某种印记，也因此而与众不同。"

我大为吃惊。

"那你认为他杀弟的部分也是假的？"我很震惊地问道。

"强者打败弱者，弱肉强食，这肯定是真的，但他们是不是亲兄弟不好说。其实这也不重要，天下人原本是一家。这或许是某种壮举也未可知，但其他人只是出于恐惧而怨天尤人。如果你问他们为何不干脆把他打死，他们不会承认自己是懦夫，而只会说'不能打他，他有上帝之印'。谎言大约就是这样产生的。哦，我耽误你时间了吧，我们回头再聊！"

他转身拐进一条老街，丢下我一个人在那儿越发迷茫。望着他渐渐远去的背影，我已经开始怀疑他的说法是否正确。该隐是绅士，亚伯是胆小鬼，该隐的印记是一种奖赏？！这太荒谬了！是对上帝的大不敬，是邪恶！果真如此，那上帝去了哪里？他不是接受了亚伯的供奉，难道他不爱亚伯吗？噢，不，这太疯狂了！我想，德米安大概是想捉弄我，引诱我上到光滑的冰面。这可恶的家伙！不过他很聪明，真能说会道，可不。

以前我从未认真思考过《圣经》故事或任何其他故事。很久以来，也从未像今天这样，连续几小时，甚至整个晚上，彻底忘记了弗朗茨·克罗默。我重新仔细通读了该隐的故事，《圣经》上的描述简洁明了，只有疯子才会试图挖掘其中的深意，否则所有杀手都可以自称是上帝的宠儿。不，这太不可思议了。然而，德米安讲述时的样子那么可爱，轻巧完美，一切都显得理所当然，再加上他的一双漂亮眼睛！

当然，也有我自己的问题，我当时正处于混乱之际。

我曾生活在光明、纯净的世界，像亚伯一样，而今却深深陷入"另一个"世界的泥潭，在其中堕落沉沦，那原本并不是我的错。我现在该怎么办？想起前几天的某一时刻，我几乎难以呼吸。在那个令人厌恶的晚上，也是我的痛苦开始的晚上，我看穿了父亲光明的世界和他所谓的智慧，并因此而藐视他！我自己就像带着记号的该隐，不以为耻反以为荣，以为自己的恶毒和不幸超越了父亲，超越了良善与虔诚。

我当时并不像现在这般清醒，但潜意识里就是这么想的。那是一时的念头，奇怪的情感波动，令我痛苦的同时也让我感到一丝骄傲。

我常常想起德米安在侃侃而谈大无畏和怯懦时，在指出该隐额头的印记时，他那独特的样子！我们交谈时，他目光炯炯有神，透着大人般的成熟！我隐隐约约觉得，难道他，德米安，不就是个该隐吗？如果他们不是同类，他何苦如此维护他？他的目光为什么会有这样的魔力？他为何要挖苦"其他人"，那些知敬畏、乐虔诚、令上帝满意的人？

这些想法挥之不去，宛如一颗石子投入水井，水井就是我少年的心。很长一段时间里，该隐、杀人和印记都是我试图理解、怀疑和批评的焦点。

我发现其他学生也很关注德米安。我俩关于该隐的交谈我从未对外透露过，但是很多人都对他感兴趣，坊间流传着众多有关"那个新来的学生"的传言。可惜我不可能"面面俱到"，否则每个传言都可以让我多了解他一点，每个传言都暗藏深意。据说，德米安的母亲很有钱，他们从不去教堂。有人说他们是犹太人，但也可能是神秘的穆斯林。关于马克斯·德米安的体力，也有传说而且被验证过。他们班一个最壮的男孩和他约架，被拒绝后到处嚷嚷说他是胆小鬼。结果，德米安一只手抓住他的脖子，就把他压得脸色煞白落荒而逃。据说那孩子很久连胳膊都抬不起来，甚至有谣言说他当晚就死了。大家把这消息当传奇激动地传了好一阵子，等一切归于平静后，又有人开始说，德米安和女孩交往甚密，说他在这方面"无所不知"。

此间，我和弗朗茨·克罗默的纠葛还在继续。我无法摆脱他，即便他偶尔不来烦我，他的阴影也挥之不去。现实中没有发生的事，会出现在我的梦境里，我成了他的奴隶。这些梦——我一直多梦——让我对生活失去了现实感，丧失了活力。我经常梦到他虐待我，朝我吐唾沫，或跪压在我身上。更糟的是他还诱导我犯罪，确切地说是他强迫我犯罪。在一个最可怕的梦里，我竟然杀了自己的父亲，让我半夜醒来几乎要疯掉：克罗默磨好刀递到我手中，我们藏在林荫道的树后，暗中守候着某个人，而我并不知道在等谁。等那人到了，克罗默推了我一把："上，就是他！"我要杀死的人，竟然是自己的父亲！然后我就醒了。

除此之外，我会想该隐和亚伯的事，却很少会想到德米安。奇怪的是，他再次现身是在我的梦里。我继续梦到被虐待被强暴，但这次，压在我身上的不是克罗默而是德米安。这新的梦境让我挥之不去，克罗默带给我的是痛苦和折磨，而换成德米安我却好像很愿意承受，恐惧中掺杂着快感。德米安在梦里出现过两次，以后又被克罗默取代。

很久以来，我无法将梦境和现实分开。我和克罗默之间的勾当持续着，我不断从家里偷钱，终于还清了他的债。但事情远没有结束，他知道了我从家里偷钱，因为他总是问我钱的来历，这一下更是牢牢控制了我，常常威胁说要向父亲告发我，让我愈加悔恨起初没有告诉家里。尽管痛苦，但我倒也并不后悔自己的所作所为，起码不是一直如此。这大概是命中注定。厄运悬在我头上，一切努力都徒劳无益。

这段时间，恐怕我父母的日子也不比我好过。我像有陌生的灵魂附体，与曾经亲密的家人变得格格不入。我渴望回到失去的乐园的怀抱，而家人却把我当病人，尤其是母亲。两个姐姐也小心翼翼，仿佛我脑子出了毛病，不应被苛责，而是应被呵护，其实这让我更难受。他们天天为我祈祷也是徒劳。有时我渴望能彻底解脱，渴望一次真正意义上的忏悔，但又不能跟父母和盘托出，尽管我知道他们会接受并原谅我。他们会为我惋惜，但不会真正理解；在他们眼中这只是偶尔的脱轨，其实却是命运使然。

我知道，也许有的人不信，一个不到十一岁的孩子怎么会有如此感想。所以我的故事只讲给那些懂我的人听。有人认为只有成年人善于把感受转换成思想，并用这些思想去衡量孩子，认为我的这些经历是子虚乌有。事实上，在我的一生中，很少有经历像这次一样刻骨铭心。


一个雨天，我的瘟神叫我去城堡广场碰头。我站在雨中等他，踢着黑栗子树落下的湿滑的树叶，叶子还不断地从滴水的树上往下掉。我没搞到钱，吃饭时藏了两块蛋糕给他带来了，这样起码有所交代。我早已习惯了躲在某个角落里等他，有时要等很久，我除了默默承受别无他法。

克罗默终于来了，今天倒是没让我等太久。他朝我身上捶了几拳，笑着拿起蛋糕。这次他显得比平日和气，还递给我一根受潮的香烟。我没要。

"对了，"他临走时说，"下次记得把你姐带来，年长的那个。她叫什么来着？"

我没明白，愣在那里，诧异地望着他。

"不明白吗？把你的姐姐带来。"

"嘿，克罗默，这不可能，她不会跟我来的。"

我明白了，这又是他的新花招。他经常这么干，故意提些明知我做不到的要求，吓唬我，羞辱我，慢慢折磨我，然后再跟我讨价还价，最后我只好用钱或物品来抵债。

但这次不同，他对我的拒绝并没有很生气。

"这个嘛，"他漫不经心地说，"你考虑考虑吧。我想和你姐姐认识一下，你总会有办法的。哪次散步的时候你叫上她，然后我去找你们。明天等我口哨，咱们再商量。"

他走后，我才慢慢明白他的意图。我虽然懵懵懂懂，但也听说了，男孩女孩到了一定年龄会一起做某种神秘的、被大人禁止的事。我恍然大悟，这太可怕了，决不能这么干！可是不听克罗默的他会怎么报复，我想都不敢往下想。新的一轮折磨又要来临，难道还不够吗？

我手插在裤兜里，走过空旷的广场，想到更大的磨难还在后面，心中充满了绝望。此时，一个爽朗又低沉的声音叫我的名字，我惊慌失措，转身就跑。来人紧跟着我，一只手从后面轻轻抓住了我。是马克斯·德米安。

我只好停下来。

"是你啊？"我充满疑惑，"你吓死我了。"

他看着我，目光比任何时候都成熟、审慎、有穿透力。我们已经好久没见了。

"对不起，"还是那特有的礼貌，"可是，你也不用这么害怕吧？"

"你就是吓到我了。"

"辛克莱尔，如果我没干什么就吓你一跳，那就奇怪了，你怎么会这么容易被吓到，你又不是天生的胆小鬼——当然，你也不是英雄好汉——那么，一定是有什么人或者什么事让你害怕。但这样是不对的，我们永远不应害怕别人。你不会是怕我吧？"

"哦，当然不是。"

"那就好。这么说，你是在害怕别的什么人？"

"也不是……唉，不说这个了，你找我干吗？"

他继续跟着我。我加快了脚步，想摆脱他——我感觉他一直在旁边观察我。

"试想，"他继续说道，"我并无恶意，你完全没必要怕我。咱们做个实验，很好玩的，也能从中学到些东西。现在，请注意，有时我会尝试所谓的读心术，不是巫术，但如果不了解原理，你会感觉不可思议、大跌眼镜。——来，咱们试一下：嗯，我喜欢你，或者说我对你感兴趣，想了解你心里怎么想的。我已经迈出了第一步，刚才吓着你了。有什么事或人让你害怕。可是这恐惧是从哪里来的呢？我们生来不应该害怕别人，如果害怕某个人，那是因为你赋予了他强大的力量。你做了错事，正好让他知道了，于是他就能掌控你。很简单，不是吗？"

我无助地看着他，那张脸和以往一样严肃而聪慧，不乏仁慈，但代替温柔的更多是严厉和正义感。他像个巫师站在我面前，而我一头雾水。

"你明白了吗？"他又问我。

我点点头，说不出话。

"其实，读心术看起来奇异，但它的发生是很自然的。

比如，我第一次跟你谈到该隐和亚伯时，我十分清楚你对我是怎么想的，不过这跟眼下的事没关系。你可能也梦到过我。现在也不聊这个！你是个聪明人，其他男孩儿都太蠢！我喜欢偶尔和聪明的、我可以信任的人聊聊天，你不介意吧？"

"哦，当然不，可是我不明白——"

"咱们继续这个有趣的实验。我们的发现如下：男孩S感到害怕，他害怕某个人，这个人可能和他共同享有某个秘密，这个秘密令人不快。我说得对吗？"

仿佛是在梦里，他的话让我心服口服，除了一个劲儿点头别无他法。那声音仿佛来自我本人，洞穿一切，比我更了解事情的真相。

德米安在我肩膀上重重地捶了一拳。

"让我说中了吧？我能想象。好了，现在告诉我：刚才跑开的那个男孩儿叫什么？"

这一惊，被碰触的秘密痛苦地缩回到我的身体，它不愿见光。

"什么男孩儿？没什么男孩儿啊，就我自己。"

他大笑起来，说："快告诉我，他叫什么名字？"

我嘟哝道："你是说弗朗茨·克罗默吗？"

他满意地点点头。

"不错，你这个家伙！我们会成为好朋友的。我来告诉你，这个克罗默或随便他叫什么，是个坏蛋。从面相就能看出来，那是个流氓无赖！你觉得呢？"

"是的，没错。"我叹了口气，"他太坏了，简直就是撒旦。但千万别让他知道我这么说他。你们认识？"

"放心，他已经走了。他不认识我，暂时还不认识，我倒想好好结交他一下呢。他上公立学校，对吗？"

"对。"

"几年级？"

"五年级。——但是，求求你，千万别告诉他！"

"放心，你不会有事的。你不想跟我多讲讲这个克罗默的事吗？"

"我不能。你还是放我一马吧。"

他沉默了一会儿。

"很遗憾，"他说，"我们本可以把这个实验进行下去的，但我不想为难你。可是你要知道没必要怕他，恐惧会毁掉我们的，你必须摆脱它，必须这样才能成为一个真正的男人，明白吗？"

"当然，你说得很对……但这行不通，你不知道……"

"你也看到了，我知道的比你想象的要多……你是欠他钱了？"

"是的，但……不光是钱的事。我不能说，真的不能告诉你。"

"你欠他多少，我可以给你，这样能了结吗？"

"不，不是钱的事。我求你跟谁都别说，一个字都别提。否则会害了我。"

"相信我，辛克莱尔。你们之间的秘密你迟早会告诉我的。"

"不，不会的！"我大声喊道。

"那随你吧，或许你以后会告诉我的。当然，一切出于自愿。你不会以为我会和克罗默一样要挟你吧？"

"哦，那不会。但你绝对什么都不能说。"

"没问题。我只是在想这件事。放心，我绝不会像克罗默一样，相信我，你也不欠我什么。"

接下来，我们谁都没说话。我逐渐冷静下来。德米安的识人之处让他显得愈发神秘。

"我先回家了。"他在雨中将大衣领子拉紧，说，"我只想再告诉你，事已至此，你必须摆脱这家伙！如果没别的办法，就打死他，那样我会对你刮目相看的。我也会帮你。"

我突然想到了该隐，感到很恐怖，开始轻轻啜泣。周围的世界太可怕。

"好了，别哭了，"马克斯·德米安微笑道，"回家吧！我们会解决的。打死他是最简单的方法。处理这种情况，最简单的往往是最好的。被克罗默攥在手心可不是什么好事。"

我回到家，感觉自己好像已经离开这儿有一年了，一切看上去都那么陌生。我和克罗默之间的事好像有了未来，有了希望，我不再孤单一人。我刚意识到，好几个星期以来，自己一直独自守着这个秘密，实在是可怕。自己曾反复考虑是否对父母坦白，那样能松一口气，但并不能完全解脱。而现在，我好像已经告解过，对另外的人，一个朋友。解脱感如浓郁的花香袭上心头。

但恐惧还远远没有克服，我和自己的敌人冗长可怕的对抗还要继续。家中气氛静谧安宁，生活在慢慢流淌，这对比更让我觉得奇怪。

克罗默的口哨没有再出现。一天，两天，三天，整整一周过去了！我简直不敢相信，一直支着耳朵，看他是否会在意想不到的时候冒出来。可他真的没有再来。我对自己重新获得的自由满心狐疑，依然不敢信以为真。直到有一天碰到他正从赛勒尔街口出来，看见是我，居然吓了一跳，扮了个鬼脸，什么也没说扭头就走了。

这简直是闻所未闻！我的煞星竟然从我眼前跑开了，我的撒旦竟然害怕我！惊讶与开心无以言表。

几天后，我碰到德米安，他在学校门口等着我。

"你好。"我说。

"早上好，辛克莱尔！最近怎么样？克罗默没再打扰你吧？"

"难道是你，你做了什么？他没再纠缠我了，真不可思议。"

"那就好！想必他不敢再来了。不过也说不准，这个坏家伙，假如他再出现就告诉他，德米安等着他呢。"

"可，这到底是怎么回事？你揍了他一顿？"

"不，我可不愿意动手。我只是和他谈了谈，就像现在跟你谈话一样。我让他明白，离你远点对他有好处。"

"你没给他钱吧？"

"没有。你已经给过他了，他不还是没完没了吗？"

说完他转身走了。我很想问个究竟，可终究没有说出口。内心五味杂陈，感激与害怕，敬佩与恐惧，欢喜与抗拒，奇怪地交织在一起。

我打算尽快再见他一次，谈谈这些事，包括该隐。

可惜一直没找到机会。

感恩并不是我笃信的美德，我尤其觉得不应该如此要求一个孩子。所以我没有专门去感谢马克斯·德米安，自己也觉得没什么大不了。然而，假如没有他把我从克罗默事件中解救出来，我的下半辈子就毁了。即使在当时，这个道理我也是明白的。那是我少年时代最重要的经历，而我却将自己的救赎者抛至脑后。

你们已经看到，不知感恩于我算不上忘恩负义。而我居然对德米安的秘密也毫不好奇，心安理得地得过且过，也不想进一步深究该隐和克罗默的事，以及德米安的读心术。我怎么会这样？

是的，这有些让人无法理解，但事实就是如此。我发现自己逃脱了魔鬼之网，明媚的未来近在咫尺。魔咒已经打破，我无须再心惊肉跳地过日子，可以重新做回普通的学生。孩子的天性让我很快找到了平衡与安宁，将恶行和威胁抛至脑后。这段漫长的有关罪孽与恐惧的经历很快从我的记忆里消失，并未留下明显的疤痕和印记。

今天的我可以理解自己当初为何试图尽快忘掉自己的

救命恩人。我是迫切地想逃离那戕害心灵、让我跌入深渊的境地，逃离克罗默的奴役，回到幸福安逸的家。我失去的乐园重新向我打开大门，我又回到父母和姐姐们明媚的世界，回到纯洁芳香的氛围，回到亚伯的虔诚。

和德米安谈话的第二天，我确认自己重获自由、不用再害怕了，便做了自己一直想做的事——忏悔。我找到母亲，把储钱罐拿给她看。锁已经损坏，里面装的钱币换成了游戏币。我坦白自己欠了某个恶棍的钱，而且最近一直受他钳制。她没有完全听懂，但是看着储钱罐，看着我熟悉的目光，听着我熟悉的声音，她知道我痊愈了，又完好地回到了她的身边。

浪子终于回头了。母亲带我去见父亲，我把事情又重复了一遍，引来他们无数的疑问和惊呼。父母抚摸着我的头，长久以来郁结在心中的愁绪得以疏解。一切都像小说中一样归于美好，万物和谐。

我激情饱满地拥抱这和谐。我重新获得了心灵的安宁和父母的信任，又成为家里的乖孩子，陪姐姐们一起玩耍，做礼拜时唱自己最爱的赞美诗，满怀被救赎的感恩之情，诚心诚意，毫无虚假。

然而生活并非完美。我无法心安的是，我唯独把德米安抛在一旁，而我本应对他忏悔，不加掩饰，也无须动情，这样对我更有益。如今我回到天堂般的世界，回归家庭，家人慈爱地接受了我，而德米安却不属于这个世界，也不会适应这个世界。虽然他和克罗默不一样，但他也是诱惑者，我们之间的联系也要经由那个代表恶的第二世界。但我希望永远告别那个世界。我不能背弃亚伯，转而为该隐歌功颂德，尤其是现在，当我自己又变回了亚伯。

这些都是表面的联系，深层的原因是，我并非依靠自己的力量摆脱了克罗默的魔爪，我曾尝试自己解决问题，但我的力量不够强大。如今，一只友谊之手将我拯救上岸，而我义无反顾地径直奔进母亲的怀抱，回到孩提时代的安全城堡。我变得更稚嫩、更依赖、更像个孩子了。被克罗默钳制的状态必须找一个替代物，因为我不愿孤独，于是盲目选择了依赖父母，回归原初的、至亲的"光明世界"。我知道那不是唯一的出路，我可以去找德米安，向他坦白一切，但显然我对他的奇思异想不够信任，其实那是我自己害怕德米安的要求会更高，他会通过劝导、训诫、讥讽和挖苦来刺激我独立。今天，我终于明白，世上最为艰难的就是自我实现的道路。

半年后，在一次散步的路上，我忍不住问父亲，有人觉得该隐比亚伯高贵，他怎么看待这种观点。

父亲很诧异，不过，他解释说，这也算不上新观点，甚至在基督教早期就在一些教派中流传，他们自称"该隐派"。当然这也是异端妄图推翻我们的信仰的尝试。如果该隐是对的亚伯是错的，那就等于说上帝错了，《圣经》中的上帝将不再是唯一绝对的权威，而是会犯错的。"该隐派"的确在宣扬类似的教义，但这一异端邪说早已消失在历史的长河中。父亲奇怪我的同学怎么会知道这些，他严肃地警告我要放弃这样的想法。

# 强　　盗

我的童年有许多温馨美好的回忆。父母给了我无尽的爱与安全感，我在温柔祥和的环境中度过了满足而充满童趣的欢乐时光。但我更关注自我实现的历程，所有熟悉的美好时光、幸福之岛和天堂的魔力，深藏于远方某个安静的角落，我并没有重新来过的欲望。

所以，回首少年时期的经历，我只谈论那些新鲜的、催我奋进并让我摆脱旧时光的事件。

生命的启迪往往来自"另一个世界"，并夹带着恐惧、约束和愧疚。它们颇具革命性，冲击着我本愿蜗居其中的平静生活。

接下来的几年间，我意识到自己体内有一种原始冲动，蛰伏在光明有序的世界里。我和其他人一样，把渐渐苏醒的性意识看作诱惑和罪恶，看作敌人和破坏者。我的好奇心所寻找的，青春期的秘密带给我的梦想、欲望和恐惧，与孩童时期平静幸福的生活格格不入。我和所有处于这个阶段的孩子一样过着双重生活：意识还停留在家里的正派世界，拒绝接受内心深处升起的那个新世界，同时又深陷于幻想、冲动和欲望的鸿沟。意识层面的自我尝试在鸿沟之上架起一座桥梁，来连接已经坍塌的童年。我的父母和其他父母一样，对青春期的我有点束手无策，我们也从不谈论这些话题。他们只是悉心守护，继续把我当孩子看，不愿面对现实。我不知道能让他们做什么，也不求全责备。这是我个人的事，必须自己解决，找到自己的路。和多数富家子弟一样，这方面我做得很差。

每个孩子都要经历这样的困境。它是普通人生活的分水岭，是自身的成长需求与周遭环境斗争最激烈的时刻，只有通过艰苦的斗争才能走出去。它是死而复生，是我们的宿命。童年渐渐枯萎凋亡，爱恋的人与物渐行渐远，只有孤独和冰冷的周遭世界陪伴。很多人永远无法逾越这片峭壁悬崖，一生都在失落，永远痛苦地缅怀自己失去的欢乐——这是噩梦中的噩梦。

还是回到我们的故事当中。告别童年的感受与梦境并非如此重大，在此毋庸赘述。重要的是，"黑暗世界"卷土重来。弗朗茨·克罗默在我内心留下不可磨灭的印记，

"另一个世界"又从外部凌驾于我的生活。

当时，克罗默的事已经过去多年，这段充满戏剧性和负罪感的时光已经遥远，如一段梦魇消失无踪。弗朗茨·克罗默早已从我的生活中消失，在我的记忆中，我们没有再相遇过。而我悲剧人生中的另一个人物，马克斯·德米安，却始终与我若即若离，有很长一段时间只是远远站在那里，可见，却不真实。后来，他又渐渐走近我，对我影响深远。

我尝试反省那时的自己对德米安有多少了解，记忆中，我们有一年或更长的时间没有交换过只言片语。我故意回避他，他也不强人所难。有一次我们在路上偶遇，他向我点点头，友善中不乏讥讽和谴责，那也可能是我的臆想。我们似乎都忘了两人曾经共同的经历，以及他对我的影响。

我仔细回想他的外貌，发现他其实一直都在。他有时独自上学，有时和其他大孩子一起。在人群中像一颗特立独行的星星，与众不同，孤独安静，散发独特的气质。他生活在自己的世界里，没人喜欢他，也没有人和他相熟，除了他母亲。他们俩的关系不太像母子，因为他更像成年人。老师们一般不大理睬他，他一向是好学生，但从不取悦别人；我们不时会听到些传言，说他用某个生僻的词、奇怪的问题或反驳让老师下不来台，当然，没有哪个老师欢迎这样的学生。

我闭上眼，他的模样便栩栩如生。那是在哪里呢？是我家门前的小巷。有一天，我看他捧着笔记本在那里写写画画。他在画门廊上那只鸟的徽章。我倚在窗边，躲在窗帘后面，望着仰头工作的他，望着那专注、冷峻、明亮的脸庞。那是一张男人的脸，是学者和艺术家的脸，善于思考，意志坚定，双眼充满了智慧。

我再见到他的那天，天色已晚，在离校回家的路上，我发现大家在围观一匹摔倒的马。马儿还套在挽具上，躺在农民的大车前，对着空气可怜地打着响鼻，仿佛在喊救命。它鼻孔大张着，不知哪里的伤口流着血，把身旁白色的灰尘慢慢染红。我感到有点恶心，将目光移开。此时我看见了德米安。他没有往前挤，待在人群后面，姿势一如既往地优雅，目光停留在马头上，深沉、安静、几近狂热却又冷静而专注。我长久地打量他，无端觉得那张脸十分独特，完全是成年男人的，甚至，上面还嵌着一张女人的脸。一瞬间，我觉得他的脸既不属于男人也不属于孩子，既不像沧桑老者也不似青春少年，历经千年之久，没有时间的痕迹，却打上了所有时代的烙印。这样的外表可以是动物的，也可以是树木星辰的。当时的我还不知道这些，感觉没有像现在这样清晰，但那感觉是相似的。也许因为他漂亮，我可能喜欢他，也可能讨厌他，即便这一点我也不能确定。我只知道他与众不同，像某种动物，像一个幽灵，或者像一幅画。我不确定，总之，他以一种难以描述的方式与我们不同。

记忆无法提供更多的素材，或许，其中有的部分也只是以后的印象罢了。

几年后，我们再次有了交集。德米安没有按习俗去教堂施坚信礼，这又招来大家的议论。有人说他自称是犹太人或多神论者，他和母亲加入了一个名声不好的邪教组织。我还听说他和母亲像情人一样住在一起。大约因为他不是在教派环境中长大，他的未来会受到不好的影响。最终，他母亲还是决定让他接受坚信礼，但比同龄人整整晚了两年。也因此，他成了我坚信礼课的同班同学。

我有好一阵子躲着他，不想和他有什么瓜葛，他身上的流言和秘密太多。也因为克罗默，我觉得自己欠了他人情。那时也正是我性意识刚刚觉醒之时，自己的小秘密还难以应付，为此我对教义的兴趣也大打折扣，虽然我很想把它学好。那神圣的世界美好而珍贵，但离我很远，躲在某个安静、虚幻的角落里，对我没有现实意义，也无法激起我的兴致。而性方面的事倒是很刺激有趣。

因此我觉得宗教课可有可无，对德米安的兴趣倒是越来越浓厚，我们之间似乎产生了某种默契。我尽可能在记忆中准确捕捉当时的情景：那应该是一堂晨课，教室灯还亮着，神职老师在讲该隐和亚伯的故事。我昏昏欲睡，几乎什么也没听进去。此时牧师提高了声音，讲到该隐和他的记号。我像触电一样惊醒，抬头发现德米安正从前排回头朝我看，明亮的双眼像在说话，既有嘲讽又很严肃。他这一眼让我清醒了，我开始认真听讲。我深知事实并非牧师讲的那样，我们完全可以从另外的角度去观察和评价。

从这一刻起，我和德米安之间便产生了默契。奇妙的是，心灵的相通竟能传导到空间，我不知道是他的所为，还只是偶然——当时的我坚信这是偶然。几天后德米安调了座位，坐到了我前面。（我至今仍记得，每次早晨上课，在拥挤的教室那五味杂陈的空气中，我多喜欢闻他衣领里那清新的香皂味儿！）再过几天他干脆换到了我旁边，这样，整个冬春两季我们就是同桌了。

上晨课的感觉立刻焕然一新。我不再昏昏欲睡、感到无聊，总是期待着上课。有时，我们正在全神贯注地听牧师讲课，同桌的一个眼神立刻让我注意到某个奇特的故事，或是某句怪异的格言。而另一种眼神会提醒我去质疑和批判。

更多的时候我们是不听讲的坏学生。德米安对老师和同学都很尊重，我从未见他干过学生们常干的蠢事，也没听过他大笑或者大声说话，或是对老师们指指点点。但他会悄悄用手势眼神，有时通过轻声耳语，让我参与到他的活动中。这些活动有时很古怪。

譬如，他告诉我他对哪几个学生感兴趣，如何研究他们。有些人他已经很熟悉了。他在课前对我说："如果我用大拇指向你示意，那就说明他在看咱俩，或是在挠脖子。"凡此种种。课上，在我完全没注意的时候，马克斯会突然对我转动大拇指，脸上是夸张的表情。我马上朝他指的方向看，果然，对方就像他的牵线木偶做着相应的动作。我让他在老师身上也试一下，但他不愿意。有一次上课，我没完成作业，希望牧师别提问我，是德米安帮了我的忙。当时，牧师想找个学生背诵问答手册上的一个段落，他目光扫视了一圈，停留在我惴惴不安的脸上，手慢慢指向我，就在他要喊出我名字的时候，突然被什么分了神。他抻了抻衣领，朝德米安走去。德米安直视着他，牧师好像要问什么，又突然转开脸，清了清嗓子，叫了另外一个学生。

我很享受这样的小把戏。后来才发现，德米安对我做着同样的游戏。有时在上学的路上，我突然觉着德米安就在我身后，一回头，他果真就在那里。

"你能做到让别人按你的心思想问题吗？"我问他。

他的回答冷静、客观，以他自己的成人方式。

"这个不可能，"他说，"谁也做不到。人并没有自由意志，虽然牧师声称如此。人不可能按自己的意愿思考，我也无法让他按照我的想法思考。不过我们可以注意观察，揣测他的所想所感，预判他下一步的行为。方法其实很简单，只是人们不知道罢了，当然这也需要练习。比如，蛾科里有一种夜蛾，雌性比雄性少得多，繁殖方式与其他动物无异，雄性使雌性受孕后产卵。科学家们试验了很久发现，如果有一只雌性夜蛾，夜里就会有雄蛾从几公里之外赶来。几公里之外！你能想象吗？雄蛾这么远就能感知到雌蛾的存在！这一现象很难解释。大概它们有一种特殊的嗅觉，像优秀的猎狗，循着鲜为人知的痕迹追踪而来。你知道，自然界到处是类似的现象，而人类无从解释。我想说的是，假如雌蛾和雄蛾的数量一样多，恐怕它们就不会有这么灵敏的鼻子，这样的能力完全是训练出来的。如果一只动物或一个人的注意力和意念完全集中在某一特定的事物上，那它或他一定能够达成目标，就是这样。如果你拿出足够的时间去观察一个人，那最终你会比他自己更了解他。"

我几乎忍不住说出"读心术"这个词，并提起多年前有关克罗默的事。但我们俩有一种奇怪的默契，都绝口不提当年他对我的帮助，哪怕是一丁点儿的暗示。我们假装这事从未发生过，也许两个人都希望对方已经将此遗忘。有那么一两次，我们甚至一起走到那次碰到弗朗茨·克罗默的马路上，但我们既没有交换眼神，也没说一句话。

"那关于'意志'又怎么说呢？"我问道，"你说人没有自由意志，可反过来又说，我们把自己的意志专注于某件事就可以达到目标。这说不通呀！如果我不是我的意志的主人，又怎么能随意运用它？"

他拍了拍我的肩膀，他一高兴就喜欢这样。

"你提了这个问题，太好了！"他笑着说，"我们必须不断发问，不断怀疑。其实很简单，假如飞蛾专注于星星或类似的事物，那它将一事无成。事实上它也不可能做这种尝试，它的行为一定是有意义和价值的，追寻它需要或必须要得到的东西，这才能达到令人难以置信的目标，进化出别的动物不可能拥有的超乎寻常的第六感。人类的兴趣比动物的更广泛，但我们也有自己无法突破的局限。我可以有诸多幻想，比如，我想去一趟北极，等等，只有愿望极其强烈时我才有可能去实施。假如我只是希望牧师不戴眼镜，那肯定无法成功，那只是小把戏而已。但是，去年秋天，我特别想换座位，结果就心想事成了。有个学生——他的名字按字母排序排在我前面——生病痊愈回来，这时有人给他让座，这个人当然就是我，因为我一直在等这样的机会。"

"是啊，"我说，"我还奇怪呢。自打我们对彼此关注后，你的座位离我越来越近了。你先是换到我前面一排，后来又坐到我旁边，那是怎么做到的？"

"是这样：一开始我自己都不知道想换到哪儿，只知道我想离开原来的座位到后排去。其实我是想坐在你边上，但连我自己都没有意识到。这时你的意愿也起了作用。我坐到你前面后，发现愿望只达成了一半，才明白其实我是想坐到你边上去。"

"但那时并没有新人来啊。"

"是没有，我就直接要求换到你旁边。你的同桌很惊讶，但也就随我便了。牧师也注意到了这些变化——事实上每次他和我打交道都觉得困惑，他知道我叫德米安，字母顺序是D，却坐在了S的位置上。但我用意念强力阻挠，所以他只是觉得有什么不对劲，却一直不清楚是什么。唉，这个老好人！我的方法很简单：一直盯着他的眼睛，一般人都受不了这个，自己就会紧张起来。要想达到某种目的，你就直视对方的眼睛，如果他完全没有紧张，那你就只能放弃了。这样的人你无法控制，永远不会。不过这种情况很少见，我只碰到过在一个人身上不奏效。"

"是谁？"我好奇地问。

他眯起眼睛看着我，思索起来，然后看向别处，不再理会我的问题。我虽然好奇，却也没再问下去。

我当时以为他说的是他母亲。他们很亲密，但他从来不提她，也从来不带我去他家。我几乎不知道她长什么样子。


有时我尝试模仿他的做法，集中注意力以达成某种我非常急切达成的愿望，但无论我如何努力都没有结果。我又不愿放下面子去问德米安，我不能告诉他我想要什么，他也不会问。

那段时间，我对宗教的信仰开始动摇。受德米安的影响，我的宗教观和我的同学不太一样。他们是彻底的怀疑派。有些人甚至认为信上帝是可笑的、不人道的。有的认为三位一体和耶稣圣诞的故事很荒谬，人们至今还在兜售这些无用的垃圾，简直是耻辱。但我的想法完全不同。我虽然也有疑问，但童年时期在父母引导下经历的宗教生活并非不体面，也非伪善。我对宗教人士充满敬畏，只是德米安教会了我一样东西，我们对《圣经》故事及教义的判断和诠释可以更自由、更个性化、更戏剧性、更充满幻想。至少我喜欢按他的解读去理解，并享受其中。当然有些观点对我来说过于标新立异，比如该隐的故事。有一次在坚信礼课上，他的惊人观点吓了我一跳。老师在讲各各他，《圣经》上耶稣受难和死亡之地。我很小的时候，父亲在耶稣受难节读故事时，我幼小的心灵深受震动，沉浸在悲伤、美好、可怕又诡异，同时又充满生命力的世界里，沉入客西马尼园[1]和各各他。每次听巴赫的《马太受难

---

1  耶稣带领门徒到此地时，变得忧愁难过，很快就遭犹大出卖。可见《圣经·新约·马太福音》26：36—56和《圣经·新约·马可福音》14：32—51。

曲》[1]，沐浴着神秘世界那昏暗而巨大的痛苦的光辉，我都会不由自主地战栗。在《悲剧表演》[2]的音乐中，我至今依然能够找到所有的诗意和艺术表达。

那节课结束时，德米安若有所思地对我说："辛克莱尔，我不喜欢这堂课的内容。你再看一遍这个故事，两个强盗和基督一起被钉在十字架上，仔细琢磨，总觉得不对劲。想想看，山丘上一字排开三个十字架，简直了！但为什么是这个强盗被感化的故事！他是个罪犯，犯下了可耻之罪，天知道都是些什么罪，现在却痛哭流涕要洗心革面、痛改前非了！试想，马上要下地狱的人，忏悔还有何用？这无非是牧师的又一个劝善故事而已，再添加些感人的作料和背景，甜美却不真实。如果让你选择其中一个强盗做朋友，或者问你哪一个更值得信赖，你肯定不会选这位哭哭啼啼回心转意的，而是选另外那个，他是真男人，有性格，坚持走自己的路，不会在最后一刻背离帮助他的魔鬼。所谓的洗心革面对他来说只是漂亮的空话。不过，这种有个性的人在《圣经》故事中往往死得早。也许他就

---

1 巴赫的宗教音乐代表作之一，取材于《圣经》中对耶稣受难经历的叙述。
2 原文"Actus tragicus"，巴赫早期创作的宗教康塔塔作品，编号106，又名《上帝的时间是最好的时间》。

是该隐的后裔，你不觉得吗？"

我十分震惊。耶稣受难故事我原本已经熟稔于心，现在才发现，我在读经时太缺乏想象力，完全没有个人看法。德米安的新观点很极端，几乎推翻了我原本坚定执着的信念。不，我们不应如此怀疑任何事物，包括自己的宗教信仰！

他感觉到了我的抵触，一如往常，赶在我说出口之前：

"我知道，"他退一步说，"这都是古老的故事，无须太过认真。但我想说的是，宗教的缺陷可见一斑。全能的神——无论是《旧约》还是《新约》里的——无与伦比，但展现给世人的并非他本意要展现的样子。他善良、高贵、慈爱如父、优美、神圣、敏感……这些都没错儿！但世界的构成还有另外一面，被归于魔鬼，一直被隐瞒和掩盖，正如将上帝尊为生命之父，而生命赖以生存的性生活却秘而不宣，被视为魔鬼和罪孽！我并不反对人们信仰耶和华，这是根本，但我们应当敬畏一切，敬畏整个世界，而不仅仅是被人为割裂的公开的那部分。除了礼拜上帝，我们是不是也要有些礼拜魔鬼的仪式呢？我认为这么做才是正当的，或者，干脆创造一个容纳魔鬼的上帝。在这样的上帝面前我们不必遮住自己的眼，而将其视为世上最自然的事。"

他越说越激动，一反平日的冷静之态。不一会儿，他自己也笑了，不再咄咄逼人。

他的话对我触动很大。我从小就有一个秘密，对任何人都没有吐露。德米安有关上帝与魔鬼、公开世界与隐秘世界的看法，与我的不谋而合。我一直认为存在两个世界——光明的与黑暗的世界，我的问题实际上是所有人的问题，是所有生命与思想的本质问题，它像一个神圣的影子掠过，令我害怕和敬畏。我发觉自己的个人生活和观念竟与宏大的意识形态不谋而合。这虽然是某种确认和荣幸，却并不使人快乐。它意味着坚忍和粗犷，意味着自己不再是孩子了，需要有担当和责任。

我生平第一次对我的同窗好友讲述了自己深藏的秘密，我很早就形成的有关"双重世界"的观点。他马上就明白我是赞成他的观点的，但他绝不会利用这一点，而是直视我的眼睛，专注地听我讲述，直到我难为情地避开。在他的目光中，我再次看到那不可思议的、动物一般永恒的、无法揣测的年龄。

"我们有时间再认真展开这个话题。"他语气中透出体贴，"我看得出，你思考的远远比你表达的多，这说明你并没有循着自己的思考去生活，这一点我不赞成。只有付诸生活的思想才有价值。你已经知道，'正当的世界'只是世界的一半，你尝试着掩盖另一半，与牧师和教师们的做法一样。但你没有做到！人一旦开始思考，就无法做到这一点。"

这番话让我深受触动。

"但是，"我喊道，"这世界的确存在禁忌和丑恶，这一点你无法否认。既然是禁忌，就应当将其抛弃。我知道这世上有谋杀和其他恶行的存在，难道只因为它们存在，我们就可以放任自己也去犯罪吗？"

"今天咱们是讨论不出结果的。"德米安宽慰我道，"当然，你不能去杀人或玷污女孩子，不是这样的，你还没明白'禁忌'和'正当'意味着什么。你仅仅了解了真理的一部分，以后会看到更多。比方说，这一年来，你身体里有一种比任何想法都强烈的冲动，但它是'不被允许的'。在希腊和很多其他国家，这种冲动被视为神圣，还会举行盛大的庆典。禁忌并非永恒不变。今天，一对男女只要在牧师面前宣誓，马上就可以结婚同居，而其他民族的做法可能就不同。因此，每个人都要探寻自己的禁忌和合法性。一个人不可能做了出格的事就成为流氓，反之亦成立。那只是一个懒惰的问题。疏于独立思考和自我评判的人只能顺应现成的世俗法则，让生活变轻松。其他人则有自己的戒条：正派人惯常做的事于他可能是禁忌，而他自认合理的或许遭他人唾弃。所以说，每个人要有他自己的判断。"

他好像后悔自己一下说得太多，突然停了下来。不过我大致领会到他的意思。他这个人喜欢随性粗浅地说出自己的想法，但不能容忍空洞无物的闲聊。他喜欢和我在一起，不只是出于真正的兴趣，也因了诸多的游戏般的乐趣和机智的对聊，简言之，不那么正儿八经。

说到"不那么正儿八经"，我脑海中突然浮现出另外一个场景，是我和马克斯·德米安在少年时代最难忘的经历。

施坚信礼的日子越来越近了。最后几节宗教课讲的是圣餐，这些内容很重要，牧师刻意营造着庄严肃穆的气氛。恰好这几节课上我老走神，我在琢磨德米安这个人。我期待坚信礼的到来，届时我们将在教堂里被隆重接纳为信徒，然而，在这半年的宗教课上，最重要的不是学到的知识，而是与德米安的友谊和他对我的影响。相比于被教堂接纳，我更想进入思想与人格的殿堂，它在地球上的代表和信使就是我的朋友德米安。

我试图打消这个念头，因为我希望以严肃的态度和尊严接受坚信礼，这与我目前的想法格格不入。但无论我怎样努力，新的想法总是挥之不去，渐渐将我与即将举行的教堂仪式联系在一起，我想按自己的意愿、以一种与众不同的方式受礼，它接纳我进入一个新思想的世界，我在德米安那里认识的世界。

那几天我们俩经常激烈辩论。一次教义课前，我的朋友突然陷入沉默，对我的发言也没了兴趣，大概是觉得我有些自以为是和早熟吧。

"我们说得太多，"他语气里带着一种异乎寻常的严肃，"自视聪明的言说没有任何价值，只能让我们远离自我，进而成为一种罪孽。人应该像乌龟一样完全躲进自己的内心。"

当时我们刚走进教室，准备上课。我尽量集中精力听讲，德米安也没来打扰我。过了一会儿，我感到他那边有些异样，空虚、冷寂，仿佛座位上没人了。这感觉越来越强烈，于是我转过头去。

只见我的朋友像以往一样正襟危坐，异于平日的是，他周遭散发着一种全然陌生的气息。眼睛似睁似闭，眼神空洞，仿佛在看向自己的内心或是某个遥远的目标。他一动不动，好像呼吸都停止了，嘴唇像木刻石雕的一样，脸色苍白，整个人好似石化了，只有褐色的头发显示生命的迹象。手搁在前方的课桌上，像摆放的物品一样安静而毫无生气，像石头或水果，苍白但并非无力，仿佛结实漂亮的外壳包裹着一个强大的生命。

这一幕把我吓坏了，他是死了吗？！我几乎要喊出声来。但我确信他没死。我出神地看着那石头面具一样苍白的脸，感觉这才是真正的德米安。那个平时和我一起同行交谈的只是他的另一半，是他为了顺应外界偶尔扮演的角色，真正的德米安就是现在这个样子：石化，古老，动物般美丽而冷酷，充满神秘的力量，周身透出死一般的沉寂，如苍穹与星空，如孤独的死亡！

现在他完全沉入了自我，让我感到从未有过的恐慌和孤单。我无法进入他的世界，他显得如此遥不可及，比世上最遥远的孤岛还要远。

除我之外，没有人注意到这一点。大家都应该把目光投向他，感到不寒而栗才对！可是，没人看他。他像一尊雕像端坐在那里，一只苍蝇飞到额头上，掠过他的鼻子和嘴唇。他纹丝不动。

他的神魂究竟在哪里？他在想什么？他感觉到了什么？他是在天堂还是在地狱？

我没法问他。下课时，他回过神来，又恢复了呼吸，目光和我的相遇时并无异样。他从哪里来？去了哪里？德米安看上去很疲惫，脸上慢慢泛起颜色，手也能活动了。但褐色的头发失去了光泽，仿佛它们被累坏了。

接下来的几天，我开始在卧室做一项新练习：笔直地坐在凳子上，眼睛一动不动，全身上下也不动，看能坚持多久，能感觉到什么。结果，我只感到疲倦，还有，眼睛周围很痒。

不久，我们迎来了坚信礼。但我却没留下什么印象。

此后，一切都改变了。童年世界分崩离析，父母看我的目光多少有些尴尬，姐姐们也越来越疏离，我曾经习惯了的感觉和快乐变得虚假，失去了光彩。花园里芬芳不再，森林也失去了往日的吸引力，我周围的世界宛如一个旧货市场，变得平淡无聊，毫无生气。书籍只是纸张，音乐成了噪声。我像秋天的一棵树，任凭树叶飘零，雨水敲打，自己全无知觉，感受不到阳光或者严寒。生命在萎缩，在内敛，它没有死，它只是在等待。

假期过后，父母决定让我去上一所寄宿学校。这是我第一次离家，母亲温柔的关爱仿佛在提前和我告别，她把爱、乡愁和记忆注入我的心怀。德米安出门旅行了，我又孑然一身。

# 贝娅特丽丝

出发前，我没有再见到德米安。临开学时，父母陪我一起去了St，我要上的全科高中的所在地。他们把我安置在一所男生宿舍，舍监是一位中学老师。他们极其周到地把我交代给舍监。假如他们知道这里会把我变成什么样，一定会目瞪口呆。

随着时间的推移，我一直没有想好，是依然当个好儿子和对社会有用的公民，还是按我的秉性另辟蹊径。我用了很长时间，最后一次尝试在父母的荫蔽和精神世界里幸福生活，但最终还是失败了。

坚信礼之后的整个假期，我第一次感到难以言表的空虚和孤独（后来也有过同样类似缺氧般的空虚），这样的感觉久久不能褪去。离开家并没让我有多难过，我甚至为此感到有些惭愧，姐姐们的眼泪也没有打动我。说来奇怪，我原本是多愁善感的乖孩子，但现在像变了个人，对周围的世界漠不关心，只忙于倾听自己的内心，体验那隐秘的、禁忌的、洪流一般涌动的欲望。这半年我发育很快，个头一下子蹿得很高，身形清瘦，懵懂地看着世界。男孩儿的童稚可爱消失不见了，感觉自己很不招人爱，包括自己。我常常想念德米安，有时也恨他，觉得都是他的错，使我陷入如此可悲的境地，仿佛我身上生了一种可憎的疾病。

在寄宿学校里，我不太招人喜欢，也没有人关心我。他们先是嘲笑我，接着就不再睬我了，觉得我这人胆小怕事、性格古怪。我倒喜欢这样的形象，甚至有意夸大，这样就可以躲进我的孤独里，表面上对全世界不屑一顾，大男子主义，暗地里却经常感到哀愁和绝望。课堂上，我开始吃以前的老底，这儿的课程进度比原来的学校慢，所以我也开始居高临下，把同学当小孩子看。

一年就这样晃荡过去了。其间几次假期回家，也没什么新鲜事能让我兴奋，我甚至更期待回到学校。

说话就到了十一月初。无论天气如何，我习惯了每天散步，边走边想一些问题。那是我小小的幸福时光，带一点忧郁、厌世和自我嫌弃。在一个雾气蒙蒙的傍晚，我独自来到城郊的一个公园里，宽阔的林荫道空寂无人，引诱我走到一条铺满落叶的路上。我带着一种阴暗的快感踢着叶子，空气中泛起湿润而苦涩的气味，远方的树在雾里若隐若现，鬼影一般。

走到林荫道的尽头，我犹豫着停下脚步，凝视着黑漆漆的树叶，贪婪地吸着透出腐败和枯萎气味的湿润空气。这和我当时的心境十分合拍——生活如此平淡无奇！

旁边的小路上，一个身穿竖领风衣的人翩翩而来。我正要继续往前走，来人向我喊道：

"你好啊，辛克莱尔！"

原来是阿尔丰斯·贝克，我们宿舍里年龄最大的孩子。我倒是不讨厌他，除了他在我们面前喜欢充大、爱讽刺挖苦别人以外。他身材健壮，连舍监也要让他三分，是学校里很多逸事的主角。

"你在这儿干什么？"典型的老大哥的口吻，"让我猜猜，你在写诗？"

"才不是。"我有些粗暴地回他。

他大笑起来，和我并排走着，主动攀谈起来。我已经很久没和别人聊天了。

"辛克莱尔，我明白，一个人在这云雾弥漫的夜里独行，浓厚的秋意会让人诗兴大发，这我能理解。青春易逝，万物消亡，海因里希·海涅就是楷模嘛。"

"我没那么多愁善感。"我反驳道。

"好吧，就算是吧。不过这种天气，对我来说最该找个安静去处整杯葡萄酒什么的，你想一起吗？我反正一个人。如果你不愿意，要好好当你的模范生，那我可不想教你学坏，亲爱的。"

少顷，我们已经一起坐在郊区的小酒馆里，喝着劣质葡萄酒了，厚重的酒杯来回碰撞。一开始我并不喜欢，毕竟是第一次，但片刻之后，在酒精的作用下，我的话越来越多，仿佛我内心的一扇窗被撞开，世界照了进来。我已经太久没有敞开心怀直抒胸臆了！我开始即兴发挥讲故事，其中，讲得最好的是该隐和亚伯的故事。

贝克兴致勃勃地竖起耳朵听，终于有人可以听我说说心里话了。他拍着我的肩膀，夸我是"好汉"，让我不由膨胀起来，压抑了很久的谈话欲望，终于可以纵情发挥了。能被年龄大的人认可尤其让我满足。他管我叫"混蛋天才"，好像一杯甜甜的烈酒注入我的心。世界开始色彩缤纷，无数大胆的想法从四面八方涌来，思想的火焰在我心中熊熊燃烧。我们谈到老师和同学，也谈起希腊先知和异教徒，感觉自己终于找到了知音。贝克逼着我坦白自己的恋爱史，可惜这方面我经历太少，没什么可说的。虽然自己有过强烈的感受、虚构和幻想，但即便在酒精的作用下，我也不敢向他人吐露。关于女孩儿，贝克懂得很多，我兴奋地听他侃侃而谈。那么多不可思议的事，我觉得完全不可能发生的，竟然在平庸的现实中发生着，而且显得顺理成章。十八岁的阿尔丰斯似乎有不少经验可以传授。他说，有人觉得女孩儿喜欢男人谄媚和献殷勤，这话传得很多，但不是真的。很多女人其实聪明能干，比如卖学习用品的雅戈尔特夫人。可以和她说话，但是柜台后都发生了什么，谁也别想知道。

我坐在那儿听得痴迷，人已微醺。我不可能爱慕雅戈尔特夫人，这简直是闻所未闻。大男孩儿的各种消遣，我从没设想过，那不是我想象中的爱情，过于低俗平庸。然而，现实世界大致如此，这就是生活与冒险，坐在我对面的阿尔丰斯已经经历了许多，对他而言再自然不过了。

我们的谈话慢慢变得无味，我不再是"混蛋天才"，只是个认真听大人唠叨的男孩子。即便如此，和几个月的无聊生活相比，这一切依然珍贵并让我陶醉其中。我开始意识到我们谈话的内容很多都是不被允许的，去小酒馆也是学校大忌。我尝到了叛逆的滋味。

我依然可以清晰地忆起那个夜晚。空气清凉而湿润，我们俩在昏暗的瓦斯灯下走回学校。我生平第一次喝醉了，感觉特别难受，但其中也有刺激和一丝甜蜜，有叛逆与放荡，生命与灵魂。贝克一直嘲笑我是个雏儿，但也不忘照顾我，半背半抱地把我拖了回去。我完全记不起是如何从走廊的窗户翻进宿舍的。

我沉沉地睡去，很快便痛苦地醒来。随着我的清醒，荒唐之感油然而生。我坐在床边，身上还是白天穿的衬衫，外衣和鞋子乱七八糟地扔在地上，散发着烟草和呕吐物的味道。在头痛、恶心和极度口渴之时，我脑海中忽然浮现出自己早已遗忘的画面。我看见家乡和父母的房子，看到父母、姐姐们和花园，我在家里安逸的卧室，从前的学校和大菜市场，德米安和坚信礼课堂。画面清浅，却被一片光泽笼罩，显得美好、神圣和纯净。这些在不久之前还都属于我，等待着我，而在这被诅咒的沉沦时刻，都消失殆尽，厌恶地将我推开。我幸福的童年时光，父母给我的所有爱与亲密，母亲的每一次亲吻，每个圣诞节，每个虔诚光明的礼拜日的清晨，花园里的每一朵花，全都被我自己毁了。如果警察来把我当罪犯和渎神者绑了，或是把我送上绞刑架，我也不会反抗，那是我罪有应得。

这就是当时我内心的写照。没有目标、蔑视世界的我！内心傲慢、与德米安同流合污的我！一个满嘴脏话、醉酒的废物！一身脏污，令人恶心和鄙视，放荡不羁，被粗鄙的欲望驱使，这就是我。我从纯洁、亮丽、优雅、温柔的花园走出来，曾如此热爱巴赫的音乐和美丽的诗歌，而今却只能充满厌恶和愤怒地听着自己的大笑，那醉酒后无法自控、间歇爆发的愚蠢的笑声。这就是我！

尽管如此，但承受这痛苦几乎也是一种享受。我盲目愚钝地独自一人已经太久，我的心在可怜的角落里沉默了太久，即便是自怨自艾、恐惧和令人厌恶的感觉，也被我的心欣然接纳。至少，这里有感情，有火焰迸发，有心的震颤！在这痛苦中我能隐约感到春天和解放。

但是，在外人眼中，我是不可救药地堕落下去了。不久，我又一次次醉酒。在学校中经常饮酒胡闹的孩子里，我年龄最小。很快，我从小跟班成长为小头目，成了名声在外的酒馆常客。我重新投入黑暗世界的怀抱，走近魔鬼。在这个世界里我占有一席之地。

同时，我却常常在悔恨中过着自我毁灭的浪荡生活。伙伴们尊我为头领和好汉，觉得我胆大风趣，但我内心却充满了恐惧和忧虑。一个星期天的早晨，我踱出酒馆，看到一群孩子在街上嬉戏，眼泪竟止不住流下。他们清朗、欢愉，发辫整齐，穿着礼拜日的正装。相形之下，我在廉价酒馆脏兮兮的桌边，喝着啤酒狂笑，挖苦、嘲弄、吓唬自己的同伴。内心深处，我对自己嘲笑的东西却充满敬畏，痛哭流涕地跪拜自己的灵魂、自己的过往、母亲和上帝。

我和自己的酒友从来不是一路人，在他们身边总是感到孤独、痛苦。我在酒馆里逞英雄，毫不留情地讽刺挖苦别人，针对老师、学校、父母和教堂，我的思想和言语显示出智慧和勇气。听着伙伴们讲下流笑话，有时自己也会编一段，但我从来不跟他们去找姑娘，宁愿一个人待着。我渴望真正的爱情，非常渴望。听我胡扯的人以为我是情场老手，其实没有人比我更敏感和害羞。每每看到普通人家的姑娘从我面前走过，优雅靓丽，容光焕发，像梦一般纯洁美好，我总会自惭形秽。有段时间，我甚至不敢去雅戈尔特夫人的商店买东西，一想到阿尔丰斯·贝克讲的故事我就会脸红。

和新朋友们在一起越感到孤独，越意识到自己的不同，我就越是离不开他们。我不记得喝酒吹牛是否给我带来过乐趣，而且我对酒精始终没有适应，酒后经常弄得不可收拾。做这些并非我所愿，但是好像不去酒馆我就不知道该干些什么。我害怕经常一个人待着，害怕自己内心那些温柔的、令人脸红的想法，害怕不时涌起的绵绵爱意。

我最缺的是真正的朋友。有两三个同学我比较喜欢，但他们都中规中矩，对我的放浪形骸早有耳闻，避之唯恐不及。我在他们眼中已经没救了。在老师那里我也早已名声在外，他们知道开除我是早晚的事，经常用各种方式惩罚我。我知道自己已被列入坏学生之列，估计在学校也待不了多久，每天就得过且过。

上帝有很多方法让我们陷于孤独之后再找到自我，他引领我的方式是噩梦——透过脏污黏稠的液体、破碎的啤酒杯、玩世不恭的彻夜瞎聊，我看到的自己是被驱逐的梦游者，受尽折磨，在丑恶肮脏的路上爬行。有时我也会梦到自己在寻找白雪公主的路上，陷在烂泥和臭气熏天的垃圾遍地的小胡同里。我的命运注定孤独，而且以这样一种并不优雅的方式。在我和童年之间是一扇封闭的伊甸园大门，门口有冷酷的门卫把守。这是开端，是自我意识的觉醒。

舍监多次写信给家里，报告我的情况。父亲的第一次突然出现让我心惊肉跳。冬天快结束时，他第二次来，我已经变得坚不可摧，对什么都无所谓了。他骂我，求我，让我想想自己的母亲，都没有用。最后，他被彻底激怒了，说如果我不思悔改，就让学校把我赶出去，送到管教所。我心想：随他去吧！他离开后，我反而为他感到难过，他没有达到任何目的，也没有找到与我沟通的方法。有那么一刻，我觉得他也是活该。

自己的未来如何，我无所谓。我用泡酒馆和粗鄙的方式与这个世界对抗，这是我抗争的方式，同时也让自己支离破碎。有时我会想：如果世界不需要我这样的人，无法为我们提供合适的位置和更崇高的任务，那我们只能自暴自弃。这是世界的损失，谁也没办法。

那年的圣诞假期过得很不开心。母亲见到我时显得很吃惊。我又长高了一大截，瘦削的脸灰暗疲惫，轮廓松弛，眼睛红，新长出的胡子和眼镜让我看上去完全像另一个人了。姐姐们躲在一边叽叽咕咕地笑。一切都令人不快：和父亲在他书房的谈话让人难受，和几个亲戚的见面令人不快，尤其是圣诞夜，只有压抑和尴尬。圣诞节本来是家里最重要的日子，意味着丰盛的晚餐、爱和感恩，把父母和孩子更紧密地团结在一起。而这一次，父亲照往年习惯诵读了一段《新约》中牧羊人的故事，"他在田野守护羊群"，姐姐们兴高采烈地等在礼物桌前。但父亲的声音听上去很不高兴，他面色苍老，愁眉不展，母亲也是一副忧伤模样，气氛尴尬而别扭。礼物和祝福、福音和圣诞树依旧，蜂蜜胡椒饼散发着香气，依然唤起甜美的回忆，圣诞树的气味讲述着过往，而我只期盼这个夜晚和节日早点结束。

整个冬天就这样过去了。不久前我收到教委会的警告，威胁要将我除名，不会太久了。好吧，那就这样吧。

我一直没有再见到德米安。我刚到St的时候曾给他写过两封信，但他一次都没回，我为此对他满怀怨愤，所以假期也没去找他。

早春时节，荆棘树篱开始郁郁葱葱，我在秋天碰到阿尔丰斯·贝克的那个公园里发现一个女孩。当时我正独自散步，忧心忡忡，满脑子烦心事，因为最近身体不好，还欠了几个同学的债，在几个商店买烟酒赊了账，想着编什么理由让家里再给我寄钱。这些并未让我感到深深的忧虑——学校恐怕也待不久了，假如我被送到管教所或自己投了河，那些小事也就无关紧要了。但我终究得面对所有这些麻烦，心里很不痛快。

就在那天早晨的公园里，我对一个姑娘一见钟情。她身材修长，衣着优雅，长着一张男孩子气的聪明脸。我立刻就被她吸引了，那正是我喜欢的、让我想入非非的类型。她应该比我大不了多少，却显得成熟、优雅，略带点傲慢和孩子气，尤其让我心动。

我从来不敢接近我暗恋的女孩，这次也不例外。但她给我留下的印象远胜之前所有的女孩，这次偶遇对我的影响是巨大的。

我眼前浮现出一幅画面，一个高雅完美的形象，内心从未有过如此刻骨铭心的爱慕与渴求，那是我的"贝娅特丽丝"。我虽然没读过但丁，但通过一幅英国油画认识了她，而且至今保存着那幅画的复本。那是一幅前拉斐尔时期的少女画像，少女四肢修长、苗条，头部颀长，手和整体轮廓被赋予了某种精神。我偶遇的姑娘和她不尽相同，但这位姑娘的苗条身材和气质，以及面部的精神和灵性，令我十分着迷。

我和贝娅特丽丝没有说过一句话，但她对我意义重大。她将自己的形象放在我面前，为我打开一扇神圣的大门，让我成为朝圣者。我不再去酒馆，夜里也不再到处闲逛。我又开始独处，重新爱上了阅读和散步。

这突然的转变招来不少风言风语。但我拥有自己爱慕崇拜的对象和新的理想，生活充满了意义和神秘缤纷的色彩，这让我对他们的嘲讽无动于衷。我又成为自己的主人，尽管还是一幅画像的崇拜者和奴仆。

回忆那段时间，总会让我有些感动。我再次下决心用过往生活坍塌的瓦砾重建一个"光明的世界"，唯愿将自己身上的阴暗与恶俗剥离，信仰上帝，完全沐浴在圣洁之中。这个世界某种程度上是我亲手缔造的，而不再是逃离——逃回母亲的怀抱，栖身于无须承担和负责的避风港。这是一种全新的、自创的任务，需要承担责任与自我约束。我一直在逃避的、给我带来诸多烦恼的对异性的渴望，在这神性的火焰中升华为某种精神与虔诚。所有阴暗丑恶的事物将被拒之门外，痛苦不眠的夜晚一去不返，我不再心跳面赤地浏览不雅图片，也不再偷听禁忌淫荡之事。相反，我自造神坛，将贝娅特丽丝奉为神明，同时也供奉诸神。我把被暗黑势力带走的生命份额，祭献给光明。我的目标不是欲望而是纯洁，不是幸福而是美和灵性。

对贝娅特丽丝的崇拜完全改变了我的生活。昨天的讽刺高手，今天成了圣坛的仆人，一心唯愿成为虔诚的圣贤。我戒掉了某些不良习惯，试图在饮食、言语甚至衣着方面改造自己，在其中追逐纯洁、高贵和尊严。我强迫自己早起洗冷水浴，做每一件事都秉承严肃庄重的态度，甚至把步伐放慢。别人觉得怪异，而我在内心把它看作一种祭拜仪式。

所有这些习练都是我的新观念的表达，其中最重要的是绘画。起初，我觉得那幅"贝娅特丽丝"和我偶遇的女孩不够像，就想尝试把她画下来。我满怀欣喜与希望，在不久前分给自己的单人房间里，弄来漂亮的纸张、颜料和画笔，准备调色板、玻璃、瓷盘和铅笔。我非常喜欢新买的蛋彩画颜料，其中有一种氧化铬绿像火焰一般浓郁，我现在还能记起，当我把它涂抹在小白碗里时，周围一下子被点亮了。

我开始小心翼翼地在画布上涂抹。面部很难画，我先尝试一些其他部位：饰品，鲜花，想象中的小片风景，教堂边的一棵树，一座两头长有柏树的罗马风格的桥。我沉迷于这样的游戏，像孩子一样快乐地玩着颜色。最后，我终于开始画贝娅特丽丝。

前面几幅画坏了，被我扔掉。越是在想象中回忆我偶遇的姑娘，她的脸就越模糊。最后我干脆按自己的想象来，让颜料自动流淌，让画笔自动游走。最终，画出的是一张我梦中的脸，看着还算满意。我继续画下去，那张脸越来越清晰，虽然与现实还有差距，但更接近本人了。

我渐渐习惯了随兴下笔，没有模特或原型，像做游戏一般无意识地铺陈与勾勒。有一天，我无意中画出一张脸，比之前每一幅都更生动更强烈。这并不是我遇到的那位姑娘的脸，我所画的并不一样，不是真实的存在，但意义重大。它看上去更像少年而非少女，头发不似美丽的贝娅特丽丝的浅褐，而是褐中带红，下巴突出而结实，嘴唇像盛开的鲜花。整个脸有些僵硬，有点像面具，但令人印象深刻，充满神秘感和青春的活力。

我坐在完成的画像前，有一种奇怪的感觉，那好像是一幅神的画像，或是一张神圣的面具，亦男亦女，看不出年龄，意志强烈，同时又很虚幻，既僵滞又充满神秘的生命力。这张脸似乎在向我诉说，它属于我，同时又在要求我。它和某个人很像，但我一时没想到是谁。

那段时间，这幅画占据了我所有的想法，进入了我的生活。我把它藏在抽屉里最隐秘之处，不希望有人看见后拿来嘲笑我。独自一人时，我把它拿出来端详。晚上，我把它固定在床对面的墙上，望着它进入梦乡，第二天早晨一睁眼就能看到。

我又像小时候一样，开始做各种各样的梦。我已经很多年没做梦了。这段时间的梦境是全新的，我画的那张脸经常出现。它仿佛被注入了生命，会和我讲话，有时友好，有时敌对；有时变成一张鬼脸，有时美得惊人，高贵文雅。

一天早晨，我从梦中醒来，突然认出了画中人。它像老朋友一样看着我，仿佛能立刻叫出我的名字，像母亲一样一直认识我，就这样面对我。我心跳开始加速，看着那浓密的褐发，略显雌性的嘴唇，发亮的前额（画阴干后额头就这样发亮）。我一点一点认出、找回、懂得了这张脸。

我跳下床，凑近它仔细观看，紧盯着那双张开的、凝视着的绿眼睛。右眼比左眼高一点，右眼好像眨了一下，很轻，但一定是眨了。这一下我彻底认出来了。

我怎么到现在才发现，这是德米安的脸！

此后，我经常拿这幅画和记忆中德米安的脸比较。它们尽管相像，但还是不一样。不过，肯定是德米安的脸。

初夏的一个傍晚，火红的夕阳斜斜地照进我面西的窗子，房间里暮色浓郁。我突发奇想，把贝娅特丽丝或者说是德米安的画像固定在窗框上，让夕阳穿过画面照进来。我凝视着那张脸，它的轮廓渐渐模糊，沐浴着红色光芒的眼睛、明亮的前额和红润的嘴唇，燃烧得热烈而狂野。我一直面朝它坐着，直到夕晖散尽。我渐渐觉得那并不是贝娅特丽丝，也不是德米安，而是我自己。它和我没有任何相似之处，我觉得也不应该相似，但它造就了我的生活，成为我的命运，或者，成为我的心魔。我如果能找到新朋友，他就应该是这个样子。如果我能得到一个爱人，她就应该是这个样子。我的生与死应该是这个样子，它是我命运的旋律与节奏。

那几个星期，我开始读一本书，它对我影响非常之大，除了尼采，很少有哪个作家的作品能做到这一点。那是诺瓦利斯[1]的书信格言集。很多内容我当时没看懂，却被深深地吸引，也被改变了。我现在还记得其中的一句格言，我把它标注在画的下方："命运与性情是一个概念的两个名字。"这句话我现在才真正理解。

我后来常常遇到被我称作贝娅特丽丝的姑娘，但彼时已经波澜不惊，只有温柔和谐、彼此相知的感觉。我在心里说：不是你，而是你的意象把我们俩结合在一起。你是我命运的一部分。

我对马克斯·德米安的思念与日俱增。这些年对他的

---

1 诺瓦利斯（Novalis，1772—1801），德国早期浪漫派诗人和理论家，著有《夜颂》《花粉》《信仰与爱情》等。

境况一无所知，只在假期中遇到过一次，那次短暂的相遇我刻意没有记录，大约是出于羞愧和自负吧。现在必须把它补上。

那次假期回乡探亲，我正在老城闲逛，带着一脸的自负和经常出入酒馆的疲惫，晃着手杖，鄙视着周围市侩们亘古不变的老脸。忽然，我看到自己昔日的老友走来。我吓了一跳，一下子想起弗朗茨·克罗默，希望德米安已经把那事忘了。一想到那件事我就有些别扭，虽然只是小孩子干的蠢事，但毕竟我是欠了他的人情。

他似乎在等着我过去打招呼。我让自己镇静下来，走上前和他攀谈。他伸出了手，那感觉又回来了，他的手有力、温暖，同时又冷静，很男人。

他端详着我的脸，说："你长高了，辛克莱尔。"他自己倒是没什么变化，没有显得更老或更年轻。

我们同行了一段路，聊些无伤大雅的事，没有提起共同的过往。我想起自己曾给他写过几次信，但他一直没回。希望这些也被忘了吧，都是些傻乎乎的文字！对此他也只字未提。

那时还没有贝娅特丽丝，也没有这幅画。我正处在浑浑噩噩的阶段。我知道城郊有一家酒馆，我邀他去喝一杯，他同意了。

我有些炫耀地点了瓶葡萄酒，给他斟上，与他碰杯后一饮而尽，显示我已把这当作家常便饭。

"你经常上酒馆吗？"他问。

"嗯，"我懒懒地回答，"要不干什么呢？喝酒最好玩了。"

"你这么认为？也许吧，酒神巴克科斯的醉意，的确有些美妙之处！但我觉得多数泡酒馆的人都很迷失，整晚整晚地醉眼惺忪，胃里像着火一样翻江倒海，日复一日，一杯又一杯，这才是市侩行为。而且，这有什么意义呢？你能想象浮士德整晚坐在酒馆里没完没了地喝酒吗？"

我自己又灌了一口，满怀敌意地看着他。

"是啊，但世上有几个浮士德呢？"我说。

他有些吃惊地看着我，紧接着笑起来，带着以往那种朝气和优越感。

"算了，咱们争论这个干什么？比起循规蹈矩的凡夫俗子，酒鬼或公子哥的生活或许更有趣。我读过一本书，说浪荡的生活是为通向神秘主义做准备，圣奥古斯丁在成为先知之前也曾是耽于享乐的花花公子呢。"

我并不十分信服，也不想让他占上风，自命不凡地说：“人人各有所爱。老实讲，我自己也不想当什么先知之类的人物。”

德米安眯着眼，端详了我好一阵，仿佛洞察一切。

"亲爱的辛克莱尔，"他缓缓说道，"我不想惹你不开心，况且，咱俩都不清楚你爱上喝酒的始末。但你内心很清楚什么原因，它造就了你的生活状态。我们内心有一种东西，它无所不知，无所不愿，做任何事都更出色，知道这一点就好。抱歉了，辛克莱尔，现在我得回家了。"

我们简短告了别。我一个人坐在那儿，心情很糟。喝完酒准备离开时，发现德米安已经付了账。这让我更生气。

我一直在想这件事，德米安和他在酒馆说的话不断在我脑海浮现。记忆中一切都很完整，至今仍历历在目。"我们内心有一种东西，对我们的一切了如指掌，这是幸事！"

我望着挂在窗边的画，黑暗中它已模糊不清，只有一双眼睛在燃烧，那是德米安的目光，或者说，那就是我内心的什么东西，它对我了如指掌。

我如此思念德米安！我对他的近况一无所知，而今更是遥不可及。我只知道他高中毕业后，离开母亲去另外一座城市读大学了。

回想与德米安有关的过去，直至与克罗默的纠葛，还有他说过的意味深长的话语，它们对我的当下依然充满意义！最后一次见面不甚愉快，但他有关浪荡子和圣人的说法却突然让我醒悟，他说的不就是我吗？我不是一直沉迷于酒精和污秽，变得麻木迷失，直到生活出现了转机，又重新燃起对纯洁与神圣的渴望吗？

我继续在记忆中搜寻。夜已深，外面下起了雨，我听到了记忆中的雨声。那是栗子树下，他第一次询问弗朗茨·克罗默的事，并猜中了我的秘密。往事纷至沓来，去上宗教课路上的谈话，和他第一次的相遇……我一时想不起当时的情形，不过我并不急于找到答案，只是全身心沉浸在这些回忆中。噢，想起来了，还有在我家门前关于该隐的讨论，门廊上那枚模糊不清的徽章，就嵌在从下面看显得上宽下窄的拱顶石上。他对那枚徽章很感兴趣，说人们应当加以重视。

夜里我梦见了德米安和那枚徽章。徽章在他手里不断变化，一会儿是灰色的小块，一会儿又变成彩色的大块，但他坚持说那是同一枚徽章，最后还逼着我吃掉它。我把徽章吞下去，感觉上面的鸟复活了，在我的体内胀大、撕咬。我从恐惧中惊醒，失魂落魄地坐起来。

此时正是深夜，我睡意全无。雨飘进了房间，我起身去关窗，感觉脚下踩到一片明晃晃的东西。早晨才发现那是我的画，躺在一片水洼中，已经起皱了。我把它夹在一本厚书的吸水纸之间阴干。第二天，画干了，但已经变了样：红润的嘴唇变为苍白，嘴巴显得更窄。现在看上去完全是德米安的嘴了。

我着手画徽章上的鸟。它原本的样子我已记不清楚，有些细节在近处也无法了然，它太旧了，还被多次上过色。鸟儿好像是站在什么东西上，一朵花，一只篮子，一个鸟巢，或者树冠。我略去细节，又开始凭想象去画。不知何故，我一上来就用了浓重的颜色，把鸟头涂成金黄，后面也是随心所欲地下笔，几天后就完工了。

这是一只食肉鸟，长着尖尖的轮廓鲜明的雀鹰头，身体一半埋在黑暗的地球里，仿佛从一个巨大的蛋里冒出来，背景是蓝色天空。仔细观察之下，它越来越像我梦到的那枚彩色徽章。

我不会再给德米安写信，即便我知道地址。凭着之前的预感，我决定把这幅雀鹰画寄给他，不论是否能到他手里。我不会写一个字，包括我的名字。我把边部仔细裁掉，买了一个大信封，写上他原来的地址，寄出去了。

考试临近，我需要比平日更用功。我改邪归正之后，善良的老师们原谅了我。虽然还不是好学生，但大家都知道我不会被除名了。

父亲的来信又恢复了从前的语气，不再有谴责和威胁，但我不想对他，也不想对任何人解释我转变的原因。这转变迎合了父母和老师的愿望，却并没有将我和他人的距离拉近，反而让我陷入更深的孤独。这转变是为了德米安，为了我遥远的命运，但当时我自己还不明了，只缘身在此山中吧。一切始于贝娅特丽丝，但此后，我只活在我的画作里，活在对德米安的怀念中，这是一个虚幻的世界，因此我在自己的视野和思想中也将她遗失。我的梦想、我的期待、我内在的转变，对谁都无法诉说，即便我想说。

而我无从说起。

# 鸟儿奋力破壳而出

我将梦中鸟的画作寄给朋友，他回复的方式十分奇特。

一次课间休息，我在课桌上的书里发现一张纸条，折叠的方法和同学们平时传的一样。我有些莫名其妙，谁会给我递纸条呢？我没有这样沟通的习惯，大概有人想让我加入什么游戏吧，我毫无兴趣，没看就把它扔在了一边。上课后，它被我无意中又抓了起来。

我不经意地摆弄着纸条，把它打开，上面写着几个字。我瞥见的第一个字就让我吃惊不小，再读下去，我的心脏像凝固了一样，一下子抽紧了。

"飞鸟奋力欲破壳而出。蛋即世界。欲新生者必先摧毁世界。鸟儿飞向上帝，上帝之名是阿布拉克萨斯。"

我反复读了几遍，陷入沉思。毫无疑问，这是德米安的答复。除了我和他，没人知道鸟的事。他收到了我的画，完全看懂了我的意思，还替我做了诠释。但这里的内在联系是什么？最令我不解的是，阿布拉克萨斯是什么？我以前从没听说，也没见过这个词。"上帝之名是阿布拉克萨斯。"

一个小时过去了，课堂的内容我一点儿没听进去。接下来是上午最后一节，讲师是一位大学刚毕业的助教，人年轻，课堂气氛很民主，同学们都喜欢他。

我们在弗伦博士的带领下读希罗多德，这是我感兴趣的为数不多的几门课之一。但这节课我没认真听。我机械地打开书，没有跟着一起翻译，而是沉浸在自己的思考中。实践证明德米安当年在坚信礼课上说得非常对，只要愿望足够强烈，就能达到目的。我在课上专注思考自己的问题时，老师一般不来打扰我。要是走神或犯困，他就会突然出现在你面前，我自己就碰到过几次。沉思把你保护了起来。紧盯一个人的方法我也试过，很有效。原来和德米安一起的时候，我没有成功。但是现在我发现，目光和思考威力很大。

我坐在自己座位上，神思已经远离了学校和希罗多德。突然，老师的声音像一道闪电，出其不意地进入了我的意识。我惊醒过来，发现他已经站在我近前，幻觉中仿佛听到他叫我的名字。但其实他并没有看着我，我长长出了一口气。

这时我听到他大声说出那个词，"阿布拉克萨斯"。

弗伦博士正在解释，可惜我错过了开头的内容。他继续讲道："我们不能从理性主义角度出发，去想象古代那些宗教派别和神秘组织的观点，将其视为幼稚。古代没有我们今天意义上的科学，那时的人们主要致力于对哲学——神秘主义真理的思考，而且达到相当的程度。由此还派生了某些巫术和魔术，经常被用于欺骗和犯罪。但即便是巫术，其出身也是高贵的，有其深刻的思想基础，包括我刚才举例的阿布拉克萨斯学说。阿布拉克萨斯源自希腊咒语，是某个魔法神的名字，现在某些原始部落依然保留了崇拜它的习惯。但阿布拉克萨斯的外延更广，我们可以把它看作某种符号，象征神性与魔鬼结为一体。"

学识渊博的小个子老师热情洋溢地继续着，但没什么人注意听。因为那个名字不再出现，我继续沉浸于自己的心思。

"神性与魔鬼结为一体"，这句话还在我脑海萦绕。我联想到德米安在我们要好时最后一次见面说的话，他说：我们拥有一个可以仰慕的上帝，但他只展示世界的一半——那个公开规矩的光明世界。而我们应该崇拜的是一个完整的世界，既是上帝也是魔鬼的神。阿布拉克萨斯就是这样一个神。

我开始以极大的热情搜索有关阿布拉克萨斯的资料，却没什么结果，图书馆也没有相关书籍。我天性并非如此喜欢直接和自觉地追求真相，更何况能抓在手里的往往是些令人费解的真相。

我全心呵护的贝娅特丽丝的形象，渐渐沉入内心的某个角落，她渐行渐远，慢慢消失在远方的地平线，变得虚幻、遥远、苍白，已经远远不能满足我心灵的需要。

我像个梦游者，在自己内心编织了一个独特的存在，其中长出了新的东西。我内心绽放对生命的渴望，确切地说是对爱情和异性的渴望，一度在贝娅特丽丝崇拜中解决了，现在却需要一个新的形象、新的目标。这渴望一直没有得到真正的满足，我比以往任何时候都更不可能欺骗它，也不可能在同学们追逐的女孩们那里找到。我又开始狂热地做梦，大多在白天而不是夜里。幻想、图景和愿望在心中升起，将我与外部世界分隔开来。相比真实的世界，我在梦里的生活更真实、更活跃。

有一个特别的梦，或者说是幻觉，会经常光顾。它对我来说意义深远，是我生命中最重要的，但也是最负面的：我回到父母家，门廊上方徽章上的雀鹰在蓝色背景下泛着金色光芒。母亲迎了上来，我踏进门想要拥抱她，这时，她突然变成一个陌生人，高大壮硕，有点像德米安，又有点像我画的人物，不尽相同，伟岸中有阴柔之象。这个人把我拉进怀里紧紧拥抱，那幸福和恐惧的感觉令我浑身战栗。这样的拥抱既是对神的膜拜又是亵渎，所有关于母亲的记忆，关于德米安的记忆，都被融入这个拥抱我的形象里。这拥抱触犯了所有天条，只剩下极度的快感。我醒来时既快乐又害怕和内疚，仿佛我犯了不可饶恕的罪过。

不知不觉间，在寻找我的上帝之时，我内心描摹的那个形象逐渐与外在的暗示建立了某种联结。这联结越来越紧密，越来越密切。在这样的预感之梦里我呼唤阿布拉克萨斯：幸福与恐惧、男人与女人、圣明与丑陋交织一处，最纯洁的无邪掩盖着最深沉的罪孽，这是我最爱的梦中画，这就是阿布拉克萨斯。爱不再是深浅暗流中动物般的欲望，如我最初在恐惧中感到的；不再是虔诚神化的礼拜，如我在贝娅特丽丝的画像中表达的。它是二者，又超出这二者，是天使与撒旦，是男人与女人的统一体，是人与兽的结合，是极致的善与恶。我命中注定要去体验它品味它。我渴望它，又害怕它。它一直都在，一直都在我的穹顶之上。

明年春天，我将离开这里上大学。我还不知道去哪里，学什么专业。我唇上冒出了稀疏的胡须，证明我是成年人了，但我依然觉得很无助，人生没有目标。我只知道要追随内心的声音，追随我的梦中人，继续前行。这也并不容易，我天天都在与自己抗争。我常想，难道是我疯了吗？为什么总是和其他人不一样？可是别人能做的我也能做到，付出一点努力和勤奋，我也可以读懂柏拉图，解三角函数，完成化学分析。唯独一点不行：抛弃我内心隐秘的目标，和其他人一样把自己放进某种规划。很多同学很清楚自己未来要做什么，想成为教授、法官、医生或艺术家，也知道自己为此要付出多少努力，将来能得到什么好处。但我做不到，也许有一天我能做到也未可知，但谁知道呢？或许我还得继续探索寻找，多年后可能一事无成，也可能有所建树，但得到的却是邪恶、危险、可怕的结局。

我之所愿无非是尝试依本性而生活，却缘何如此之难？

我多次尝试将梦中的超级爱人描绘出来，却未能如愿以偿。假如我能画出来，一定会寄给德米安。他人在哪里，我并不晓得，但我知道我们心灵相通。只是，何时才能再见面呢？

与贝娅特丽丝共处的宁静岁月已过去了很久，当时我以为找到了自己宁静的小岛。然而世间的事往往如此，你刚刚欢喜地进入某种状态，愉悦的梦刚开始，它就枯萎、凋零，抱怨也没用。渴望的火焰和焦灼的期待快要把我逼疯了。梦中的爱人如此真切，比我自己的手还清晰。我和她交谈，在她面前哭泣、下跪，诅咒她，把她唤作母亲，叫她亲爱的，渴望她那满足一切欲望的成熟的吻。我叫她魔鬼和婊子，吸血鬼和杀人犯。她放荡不羁，不知羞耻，引诱我走入最温柔的爱乡。她无所谓好坏，也无所谓阳春白雪与下里巴人。

整个冬天，我的心一直在疾风暴雨中居无定所。孤独早已是家常便饭，并不会令我压抑，我有德米安，有雀鹰，还有我梦中情人的画像，她是我的命运。生活在其中已经足够，它的目标伟大而宽广，昭示着阿布拉克萨斯。但这些梦境和思想并不服从于我，我不能将它们呼来喝去，随意赋予它们色彩。它们自己走来，将我攫住，操纵我，我只能任其摆布。

在外人面前，我把自己保护得很好。我不怕任何人，同学们意识到这一点，暗中佩服我，这让我心中窃喜。我能看穿他们，偶尔也让他们吃惊一下，不过我很少有兴致这么做，一直忙于理清自己的头绪。我渴望真正地活一回，把自己的一部分交给世界，与之发生某种联系，和它斗争。有时，我一个人烦躁地在街上闲逛，直至深夜。有时，我以为就要碰到我的爱人，她在前方的某个角落，在我经过的下一个窗口，她会从里面呼唤我。这些想法让我痛苦不堪，有时甚至想结束自己的生命。

一个偶然的机会，我寻到一个奇特的庇护所。其实，偶然并不存在，你必须得到某个东西时，它的出现绝非偶然，而是你自己，你自己的渴望和需求将你引向那里。

我在城郊散步时曾经过一个小教堂，听到里面有人演奏管风琴，但我从未进去过。再次经过时，我听到里面在演奏巴赫的曲子。走近教堂，我发现大门紧闭，街上没有人。于是我坐在教堂的侧护石上，拉紧大衣领子，凝神聆听。管风琴听上去不大，但音质不错，演奏的水平很高，能感觉出演奏者强烈的个性和坚定的意志，像祈祷一般。演奏者好像知道音乐里藏着什么宝贝，他用键盘的敲击追逐着这份宝藏，就像追逐自己的生命。我对音乐技巧不甚了了，但从小凭直觉能捕捉到音乐的灵魂。

之后又弹了几支现代乐曲，好像是雷格尔[1]的作品。教堂里几乎完全暗下来，只有我旁边的窗子照进一点微光。音乐结束后，我在门口来回踱步，直到琴师出来。他样子很年轻，比我稍大，身形矮胖，步伐迅疾有力而显得有些不耐烦。

以后，我经常在傍晚时分到教堂门口坐一坐，或溜达一会儿。一次，我发现教堂门开了，便踱了进去，在里面坐了半个小时，虽然浑身冷得发抖，但感觉很幸福。管风琴师借着昏暗的瓦斯灯弹奏，我透过音乐能听出他的性情。他弹的曲子都很类似，彼此有一种神秘的关联，都具有宗教、奉献和虔诚的特点，但不是信徒或牧师的虔诚，而是中世纪朝圣者和乞讨者的那种虔诚、无所顾忌、全然奉献的精神，超越了所有忏悔的世界观。他弹奏了很多巴赫之前的大师和意大利古典音乐家的作品，他们所倾诉、所表达的，与演奏家的心声很一致：渴望，对世界最真诚的理解，狂野地脱离世界，倾听自己灵魂的黑暗面，陶醉于奉献和对美妙事物深深的好奇。

---

1 雷格尔（Max Reger, 1873—1916），德国作曲家和教师，以巴洛克形式的管风琴作品著称。

有一次，琴师从教堂出来后，我悄悄跟着他，看他走进市郊的一家酒馆。我好奇地跟了进去，第一次看清了他长什么样。他坐在酒馆角落的一张酒桌前，戴一顶黑色毡帽，面前放着一杯葡萄酒。他的面容和我想象的大致一样，相貌丑陋，有些狂妄，似乎总在探寻，固执、任性，只有嘴唇显得柔软而孩子气。他的眼睛和额头具有男性特质，看上去很坚强，脸的下半部温柔稚气，有点儿女人气。下巴的迟疑不决和孩子气好像是对额头和目光的一种抗议。我喜欢他深褐色的眼睛，骄傲而充满敌意。

我一声不吭坐在他对面，酒馆里就我们两个人。他看着我，仿佛想用目光把我赶走。我坚定地望着他，一动不动。末了，他没好气地咕哝道："你这么瞪着我干啥？你想要什么？"

"我什么都不要。"我说，"不过你已经给了我很多。"

他蹙起眉头。

"这么说，你是音乐爱好者？但我觉得这样很恶心。"

我不为所动。

"我经常在教堂门口听你弹琴。"我说，"我并不想惹你讨厌，只觉得你身上有一种特殊的东西，但不清楚那是什么。不过你不用理会，我只要能听你弹琴就行。"

"我总是锁门的。"

"最近有一次你忘了锁，我进去坐着听的。一般我会站在门口或坐在侧护石上。"

"这样啊——下回你可以进来听，里面会暖和点儿。你只要敲门就行，不过得使点劲儿，挑我弹奏的空歇。好了，咱们来聊聊你吧。你看着挺年轻的，还是个学生？学音乐的吗？"

"不是，我喜欢听音乐，但只喜欢你弹的这一类。音乐必须让人感觉到一种力量，一种人类可以撼动天堂和地狱的力量。我喜欢这些曲子，大概是因为它们不道德说教。许多音乐并非如此。道德说教一向让我难受，所以我一直在寻找不一样的音乐。我不知道自己说清楚没有。你知道，有一种神，他既是上帝也是魔鬼，应该有这样的存在，我听说过。"

琴师向后推了推帽子，甩了一下宽大前额上的深色头发，死死盯着我，脸越过桌子向我靠过来。

他轻声而急切地问我："你说的这个神，他叫什么？"

"可惜我只知道他的名字叫阿布拉克萨斯，除此之外我对他一无所知。"

琴师谨慎地环视四周，仿佛怕有人偷听。然后他靠近我，小声说：“我猜到你要说的是他。但你是谁？”

“我是高中的学生。”

“你从哪里听说的阿布拉克萨斯？”

“偶然听到的。”

他手掌在桌子上重重地拍了一下。玻璃杯里的酒溢了出来。

“偶然听说？别扯了，小伙子！阿布拉克萨斯可不是偶然能听说的，你绝对是刻意了解的。我倒是可以给你讲讲，我是知道一些的。”

他沉默着把椅子往回推了推。我充满期待地望着他，他做了个鬼脸。

“不行，这里不合适，等下一次吧。来，拿着！”

他从大衣口袋里掏出几个烤熟的栗子，扔给我。

我什么都没说，把栗子吃了，感到心满意足。

“好吧，”又过了一会儿，他小声问，“你从哪里听说的？”

我毫不犹豫，把前因后果都告诉了他。

“有段时间，我很孤独，毫无主张，”我说，“想起多年前的同学，他懂得很多。我画了一幅画，是一只鸟从地球里飞出来，寄给了他。过了一段时间，我出乎意料地收

103

到了他的字条，上面写着：飞鸟奋力欲破壳而出。蛋即世界。欲新生者必先摧毁世界。鸟儿飞向上帝，上帝之名是阿布拉克萨斯。"

他没反应。我们剥掉栗子的皮，就着葡萄酒吃。

"咱俩再来一份酒？"他问道。

"谢谢，不用了，我不喜欢喝酒。"

他笑了笑，有些失望。

"随你吧！酒是好东西。我还要再待一会儿。你先走吧！"

第二次见面，听完他的演奏，我和他一起离开教堂。他不怎么健谈，领着我穿过一条古老的胡同，来到一所古旧的大房子，上楼进入一间昏暗破败的房间。里面除了一架钢琴，没有其他与音乐有关的物品，大书柜和写字台倒是透出学者风范。

"你有这么多书啊！"我语气里充满了钦佩。

"哦，一部分是我父亲的藏书。没错，年轻人，我住在父母家，但我不会把他们介绍给你，我的社交圈子在这个家不受重视，我自己也不受待见。我父亲是这个小城最重要的牧师和传道士，备受尊敬。我原本才华横溢、前途无量，结果走错了路，或者说是疯了。我学的神学，但在高考前不久放弃了这个专业，私下里倒还在研究。我很关注不同的人为自己想象出来的上帝是什么样，这是我十分感兴趣的课题。此外，我也搞音乐，很快会拿到管风琴师的职位，换一种方式还在为神工作。"

我借着昏暗的小台灯发出的光浏览他的书柜，发现其中也有希腊文、拉丁文和希伯来文书名。此刻，我的新朋友已在昏暗中靠墙坐下，自己忙乎起来。

"你过来，"过了一会儿，他喊道，"咱们来进行哲学思考吧——就是闭嘴不说话，躺在地上想问题。"

他用火柴点着眼前的壁炉。纸和木材烧着了，火苗蹿上来，他小心翼翼地扇着，拢着火。我挨着他趴在破旧的地毯上。他凝视火焰，我的目光也盯在那火苗上。我们就这样一起默默待了一个小时，望着闪烁不定的火焰，看着它燃烧，哔哔作响，然后沉陷、扭曲、闪烁、颤动，最终静静地化为灰烬。

"火崇拜还不是人类历史上最愚蠢的。"他喃喃自语了一句，除此之外，我俩什么都没说。我呆呆地看着火光，陷入梦幻和寂静，在烟雾与灰烬中看到各种图形和画面。我的同伴将一小块松香扔进火里，一缕细长的火焰升起，我惊悚间看见一只鸟，长着金色的雀鹰头。壁炉的火焰在熄灭，金色的光线编成一张张网，仿佛字母或各种图像，让我回忆起一些面孔，一些植物、虫子和蛇。当我惊醒一般转过头来，发现他下巴托在手掌上，专注地盯着壁炉里的灰烬。

"我该走了。"我轻声说。

"好的，再见了。"

他没有起身。灯已熄灭，我吃力地穿过黑暗的房间、走廊和楼梯，从这似乎被诅咒了的老房子里摸索而出。没有一扇窗亮着灯，大门口一块小小的铜质牌匾，在瓦斯灯微弱的光里闪烁。

上面写着：皮斯托留斯，主牧师。

回到家，吃完晚饭，我坐在自己的小房间里时才发现，我的这次拜访对阿布拉克萨斯或皮斯托留斯一家没有了解更多，我们之间的交流几乎没超过十个词，但我十分满足，而且他答应下次为我演奏一支古老而优美的管风琴曲，来自布克斯特胡德的帕萨卡里亚舞曲。[1]

其实，在我不经意间，就在昏暗房间的壁炉前，皮斯

---

[1]　布克斯特胡德（1637—1707），丹麦管风琴家及教堂音乐作曲家，当时最有威望和影响的作曲家之一。帕萨卡里亚是一种宫廷舞蹈，17世纪首先出现于西班牙。

托留斯已经给我上了第一课。我从小就有一个爱好，但并未认真对待。我们观察火焰的经历让我认清了这一点，而且强化和证实了它的重要性。

我自小就喜爱观察自然界的奇异现象。不是置身事外地远观，而是全情投入那独特魅力中，倾听它们隐秘的混乱语言——已经木化的绵长树根、岩石五颜六色的脉络、水面浮动的油斑、玻璃杯的细小裂纹——所有这些都让我着迷，尤其是水火烟雾、云与尘埃，以及闭上眼睛看到的旋转不停的五彩斑斓。第一次去过皮斯托留斯家之后，我对这一切又敏感起来，感觉到自己更强大更快乐，感情在升华。长久地注视火焰就能带给人惬意和丰富感，也是很奇特的事。

在通往人生目标的道路上，我不多的经验里又增加了一点：观察自然界那些不合理的、混乱的、奇异的图景和形式，沉醉于其中，会让我们的内心与这些图像的创造者和谐统一——很快，我们会在诱导下以为那是我们自己的情绪和创造——我们发现，自己与自然之间的界限在分崩离析，发现我们不知道自己看到的图景来自外部的印象还是源于自身。没有任何一种习练如此简便轻松地使我们意识到自己是创造者，意识到我们的心灵在恒久的创世中参与其中。运行于我们自身和自然界的是同一个不可分的神性。当外部世界毁灭,我们中会有人将它重建:山川,河流,树木,叶子,根与花,所有自然的形式,都源于我们,源自永恒的心灵。我们并不知晓其本质,但可以通过爱和创造力去感知它。

几年后,我在列奥纳多·达·芬奇的一本书中印证了我的这一观点。他在书中提到,"看一堵被无数人吐过的城墙有益且令人兴奋"。站在被唾沫沁湿的墙前,他一定感受到了我和皮斯托留斯在壁炉前感觉到的东西。

我们再次见面时,琴师为我做了如下诠释。

"我们总是过于狭窄地划定人格的界限,习惯将自己的特质看作我们个人的拥有。实际上,我们的存在源自世界的整体构成,我们每个人,包括我们的身体,都可以追溯到鱼类,甚至更遥远的过去,因此我们心灵的拥有也是人类心灵共有的。所有存在过的神与鬼,无论是希腊人的、中国人的还是祖鲁卡菲尔人的,都与我们同在,作为一种可能性、愿望和出路存在着。如果人类灭绝殆尽,只剩了一个没受过教育的智商平平的孩子,他也会找到一切的来路,可能是神,是魔鬼,可能是天堂、信条和戒律,《新约》和《旧约》,这一切可以再造出来。"

"既如此，"我提出异议，"个人存在的价值又在哪里呢？既然我们已经拥有了这一切，为什么我们还要努力呢？"

"等等，"皮斯托留斯有些激动，"我们拥有整个世界，但个人对这一点是否有觉知，区别是很大的。一个疯子可以说出与柏拉图类似的观点，而摩拉维亚教会[1]学院一个虔诚的学生关于神话关联的创造性思维，可能恰好与诺斯替教[2]和琐罗亚斯德教[3]一致，可是他自己并不知情。如果没有意识，那他只是一棵树或一块石头，最多是动物。当认知的第一束火苗苏醒，他才成其为人类。你不会因为看到他们直立行走，怀胎九个月生下自己的后代，就以为他们是人类吧？你也能看到，他们中有多少人依然是鱼或者羊，是虫子或水蛭，还有许许多多的蚂蚁和蜜蜂。他们有可能成为人，但只有当他们意识到，或者尝试学着认识这种可能性的存在，才有可能成其为人。"

我们的讨论大致就是这样的，没有多少全新的令人惊艳的东西，但即便是最平庸的内容，也会在我内心某处不

---

1　18世纪初建立的胡斯派教会，源于波希米亚和摩拉维亚。

2　2世纪盛行于希腊-罗马世界的一种哲学和宗教运动。

3　伊斯兰教出现之前古代伊朗的主要宗教。

断地轻轻敲打，让我成长，帮我蜕变，打破蛋壳，让我的头一点一点探得更高、更自由，直到我那黄色的鸟从被打破的世界之壳中探出她美丽的雀鹰之头。

我们也经常讲述各自的梦境，皮斯托留斯会解梦。我做过一个奇妙的梦，至今记忆犹新。在梦里我会飞，确切地说是被气流抛出，不是我自己控制。飞行的感觉很爽，但速度快得令人害怕，我发现自己不由自主被抛到危险的高度。后来我终于找到方法，即通过呼吸来控制升降。

皮斯托留斯的解释是："让你飞起来的这股动力，是每个人都拥有的人类集体财富，一种和力量之源绑在一起的纽带，但它很快让你感到害怕，感到危险，于是大多数人选择放弃飞行，按规则走在人行道上。而你不，你很勇敢，选择继续飞。接着，美妙的是，你发现自己慢慢可以主宰它，在驱动你的巨大的主导力量之上，加了一个小小的自己的力——一个器官，一个方向盘！ 这简直太棒了，没有这个力，人是在空中随意飘浮，会和疯子一样失去控制。与人行道上行走的人相比，这些人有更深的知觉，但是没有钥匙，没有方向，他们会朝着深不可测之处飞奔。而你，辛克莱尔，你完全不同，你拥有了一个新器官，一个呼吸调节器。现在你能发现，你灵魂深处并不是那么

'有个性'，这个调节器不是谁的发明，它是借来的，已经存在了上千年，是鱼的平衡器官——鱼鳔。现在还存在着某些古老的鱼类，鱼鳔是它们的肺，可以用来呼吸。你在梦里用的'飞行鳔'，其实和鱼的肺一模一样！"

他甚至拿出一本动物学的书，给我看那几种古老鱼类的名称和图解。我心里一激灵，觉得人类发展早期的某种功能在我身体里复活了。

# 雅各的战斗

　　我从琴师皮斯托留斯那里得到的关于阿布拉克萨斯的知识，无法用几句话简单地概括。有一点很重要，他帮助我在实现自我的道路上又迈出了一大步。十八岁的我和其他年轻人不大一样，有些方面早熟，另一些方面又非常幼稚，常常觉得茫然。和他人相比，我容易骄傲自大，有时又觉得压抑和屈辱。我自以为是天才，往往又陷入癫狂，很难和同龄孩子一样享受生活的乐趣。有时我会陷入自责和忧虑，觉得自己无药可救，被世人隔绝，被排除在生活之外。

　　皮斯托留斯是个怪人，却教会了我自重自强。他总能在我的言谈、梦境以及我现实和不现实的想法中发现可贵之处，认真严肃地告诉我，譬如：

　　"你说你爱某些音乐是因为它们没有道德说教，我十分同意！但你自己不应成为道德卫士，也不必和别人去比较。如果你生来是蝙蝠，就不要想做鸵鸟。你有时会觉得自己古怪，责备自己的与众不同，这种想法千万要不得。你观察火焰和云彩，当预感的声音开始在你心里说话，就安心将自己投入其中，不用计较这是否会讨老师、父亲或者亲爱的上帝的欢心！这会毁掉你自己，让你和芸芸众生一样成为一块化石。亲爱的辛克莱尔，我们的上帝叫阿布拉克萨斯，它是上帝，同时也是撒旦，集光明与黑暗于一身。阿布拉克萨斯绝不会与你的思想和你的梦相左，记住这一点。但假若你变得平庸，貌似无可指摘，它反而会离开你，找到一个新的器皿，在里面烹饪它的思想。"

在我所有的梦里，那个有关爱的梦最常光顾。我走进带鸟形徽章的老房子，想要拥抱母亲，却发现那并不是她，而是那高个子、雌雄难辨的形象。我对其怀着敬畏和最炽热的渴求，被其所吸引。但我没有跟自己的朋友讲过这个梦。虽然我对他几乎毫无保留，但这个梦是我自己的角落，我的秘密，我的避难所。

心情不好时，我会请皮斯托留斯演奏古老的布克斯特胡德的帕萨卡里亚舞曲。傍晚，我坐在昏暗的教堂里，完全沉浸在那奇幻、真挚、自成一体、仿佛会自我聆听的音乐当中。我的心情就会渐渐好起来，听从内心的召唤。

有时，管风琴曲已经结束，我们喜欢依然坐在教堂，看微弱的光透过高高的尖拱窗照进来，又渐渐消失。

"听来可能有些奇怪，"皮斯托留斯说，"那时我学神学，差一点当了牧师。那只是形式上的一个错误，成为牧师是我的天职和目标，但是我在知道阿布拉克萨斯之前就过早地皈依了耶和华。其实，每一种宗教都是美的。宗教关乎灵魂，无论你用基督圣餐，还是去麦加朝拜，性质都是一样的。"

"就是说，你本来应该能当牧师的？"

"不，辛克莱尔，不，真要当牧师，我就得说谎。我们从事宗教的形式是非宗教的，仿佛它是一种理性的工作。如果没的选，我或许会成为天主教徒，但新教牧师肯定不行！我认识一些教条的教徒，我不能跟他们说，基督对我来说不是人，而是一个英雄、一个神话，是人类在永恒的墙上投下的巨大的影子。其他的人呢，他们走进教堂只是为了聆听教义，履行自己的责任，不希望自己错过什么——对这些人，我又有什么可说的呢？让他们皈依吗？牧师并不想改变他人的信仰，他只想活在信众和他的同类中间，成为虔诚之信使和表达。"

他停顿了一下，然后继续道："我们全新的信仰，我们称之为阿布拉克萨斯的，是我们能拥有的最美好的东西。但它还是个婴儿，羽翼未丰。孤独的宗教不成其为宗教，它必须拥有更多信众，以及礼拜、庆典和神秘仪式……"

他陷入了沉思，心无旁骛。

"秘密宗教仪式不能独自或小范围进行吗？"我迟疑地问道。

"当然可以，"他点头道，"我已经做了很久了。如果让人知道了，恐怕我要坐好几年牢的。但我知道，这样还不够。"

他突然在我肩膀上拍了拍，吓了我一跳。"年轻人，"他恳切地说，"你也有自己的秘密仪式，你肯定做过些不能示人的梦，我也不需要知道，但我要向你进一言。你应当去实现这些梦，为它们搭建圣坛。虽然不够完美，但这是一条途径。你我和他人能否改变世界，我们只能拭目以待，但我们应当从内心开始行动，否则将一事无成。想想看，你十八岁了，辛克莱尔，你不去找妓女，说明你对爱情怀有梦想，或者心存恐惧，但是你没什么好怕的，那是人世间最美好的事物，相信我。我在这方面是失败者，在你这个年龄把自己爱的梦想强压下去，这是错误的。既然知道了阿布拉克萨斯，就不应如此，不必害怕，也不要禁锢自己的内心。"

我惊讶地反驳道:"但我们不可能总是随心所欲啊,比如,不能因为讨厌一个人就把他杀了。"

他向我靠近一步。

"在某些特定的情况下是可以的。当然,多数时候不应如此。我的意思并不是说你想做什么就做什么,而是说,有些意义重大的想法不应被随意抹杀,或是用道德反复衡量,这样毫无用处。与其将自己和他人钉在十字架上,不如用盛满庄严思想的圣杯将美酒一饮而尽,将其视为对神秘的献祭。即便不去这么做,我们也可以尊重并爱护本能的欲望或所谓的诱惑,让它们向我们展现自己的意义。辛克莱尔,如果有一天你心里有个疯狂或有罪的念头,比如想杀掉谁,或做什么坏事,那可能是阿布拉克萨斯在你心中种下的幻觉。你想杀死的人并不是某某先生,那只是他的化身。我们恨一个人,其实是在他的形象里恨我们自己内心的东西。内心不存在的事物不会激起我们强烈的情绪。"

皮斯托留斯的话从未如此令人触动,让我无言以对。最打动我的是,他的言语里有一种和德米安一模一样的声调,这些年一直记在我心里。他们彼此从未谋面,但说的话如出一辙。

"我们所看到的，"皮斯托留斯轻轻地说，"也是我们内心所想的。现实世界是我们内心的反映，因此多数人生活在虚幻中，他们误将外界的景象当成现实，从不将内心示人。这样或许生活幸福，然而新的窗户一旦打开，我们就不会选择走常人之路。辛克莱尔，多数人选择容易的路，而我们注定要选择艰难，且初心不变。"

后来我去教堂又找过他两次，都没找到。一天晚上，我在寒风中看到他从一个街角转过来，跌跌撞撞，显然是喝多了。我没叫他。他从我身边走过，没注意到有熟人，双眼灼热而孤寂，直视着前方，仿佛黑暗中有陌生人在呼唤他。我尾随他走过一条街。他宛若被一根看不见的线牵着，鬼魂一样迈着狂热涣散的步伐。我很伤心，独自走回家，走向我无法摆脱的梦境。

"他就这样去改变世界吗？"我心想。但一刹那我又觉得自己有些低级和道德审判的味道，我对他的梦又有多少了解呢？他迷醉之中走的路，或许比我在恐惧中走的路更安全呢。

课间休息时，我发现有个同学一直在试图接近我，我以前没注意过他。那是个瘦弱的小个子男生，稀疏的头发呈红褐色，眼神举止有些古怪。一天晚上，他在我回家的路上埋伏着，然后跟在我身后一直到门口。

"你想干什么？"我问他。

"我，只是想跟你聊聊。"他怯生生地说，"我们能一起走走吗？"

我随他走了。他很激动，手一直在抖，眼神充满期待。

"你，会巫术吗？"他突然问道。

"克瑙尔，"我笑答，"这没边儿的事，你怎么会这么想？"

"那你是通神者？"

"也不是。"

"你不要这么守口如瓶好吗？我能感觉到你很特别，从眼睛就能看出来，我相信你是通灵的。辛克莱尔，我并不是因为好奇才问你，不是的！我自己也在这条道上摸索呢，但一个人觉得好孤独。"

"那你说说看，"我鼓励他，"虽然我并不通灵，但我有自己的梦想，你感觉到的恐怕是这个吧。其他人也活在梦里，但不是他们自己的梦。这就是区别吧。"

"也许，"他小声说，"那要看你活在什么样的梦境里。你听说过白色魔法吗？"

可惜，我没听说过。

"是一种让人学习自我控制、长生不老、拥有魔力的方法。你从来没练过吗？"

我问他具体是什么样的练习时，他做出一副神秘兮兮的样子，直到我假装要走，他才开始坦白。

"我在睡觉前或是想集中精力时，就会做这种练习。我随便想一个东西，一个词或名字，或者一个几何形状，非常努力非常深入地想象，先在我脑海里构思它的样子，直到感觉它固定在了脑子里，然后我继续想象它移动到我的喉咙，再向下，直到我整个身体被它充满。这时我变得牢不可破，不会被任何东西打扰。"

我有些理解他的意思了，但感觉他还有话没说出来，仍然有些激动不安。我试着缓和气氛，过了一会儿，他慢慢开始诉说他的忧虑。

"你也很克制自己，对吧？"他怯生生地问我。

"你是指性的方面吗？"

"是啊，从做这套练习开始，我已经节制两年了。以前我一直有个坏习惯，你懂的。你也一直没找过女人？"

"没有，我没有合适的人。"我说。

"假如你找到了那个合适的，你会跟她睡觉吗？"

"那当然，假如她不反对的话。"我的回答带着一丝嘲讽。

"哦，那你错了。我们必须完全禁欲才能获得内在的力量。我坚持了两年，两年零一个多月，但是太难了！有时我觉得自己都要坚持不下去了。"

"听我说，克瑙尔，我不认为禁欲有那么重要。"

"我知道，"他有些恼怒，"大家都这么说，但没想到你也这么认为。要在精神的道路上有更高的追求，我们必须保持纯洁！"

"那好，你可以这么做，但我不明白为什么压抑性欲就会比别人更纯洁。还是说，你可以从思想和梦里将所有性欲排除？"

他绝望地看着我。

"不，当然不是，天哪！但我必须如此。我夜里梦到的自己都羞于启齿，好可怕！"

我想起皮斯托留斯说过的话。但即便他的话有理，我也不可能传授他人的经验，况且我自己也没实践过。我沉默着，为自己无法帮助他感到惭愧。

"我什么都试过了！"克瑙尔很苦恼，"能想到的我都做了，用冷水和雪擦洗身体，还跑步、健身，但都没用。每天夜里我都会从羞耻的梦中惊醒。最可怕的是，修行的学问也都慢慢忘了，精力不集中，没法入睡，整夜整夜地失眠。如果最后我被迫放弃，玷污了自己，那比没有抗争过的人更糟糕。这你理解吧？"

我点点头，却不知该说什么。他开始让我厌倦，而面对他的窘迫和绝望，我也没有特别同情，这让我自己很吃惊。我只觉得自己帮不上忙。

"这么说你也不知道该怎么办了？"最后，他疲倦而忧伤地说，"总会有方法的吧？那你是怎么做的呢？"

"克瑙尔，我真的无话可说，这种事别人帮不上忙，我也一样。你必须自己寻找解决之道，按本性去做，别无他法。如果自己找不到出路，那我觉得你也无法找到自己的圣灵。"

小伙子失望地看着我，陷入了沉默。忽然他目光狡黠地一亮，扮了个鬼脸，气愤地喊："哼，你就是假圣人。你也有恶习，我知道，你只是装得很纯洁，私下里和我们所有人都一样，满身污垢。你是头猪，和我一样，大家都是猪！"

我不再睬他，独自走开了。他跟了我几步，随后停下，转身跑开了。我对他既同情又厌恶，感到一阵恶心，随即返回自己的小房间。我把画作摆开来观赏了一遍，投身于自己的梦境，才渐渐摆脱恶劣情绪。我又梦到了父母家的大门和徽章，梦到母亲和一个陌生女人。女人的面貌非常清晰，我当晚凭记忆把她画了下来。

几天后，画像完成了，是在梦游般无意识的状态下画出的。我把它挂在墙上，日暮时分，端着台灯驻足于画像前，感觉自己面对的是一个幽灵，我一直在与之战斗，直到分出胜负。画上的脸似曾相识，像我的朋友德米安，又有几分像我自己。一只眼明显高一些，目光越过我的头顶，凝神沉思，充满了命运感。

我站在画像前，身心俱疲，胸口发冷。我质问它，谴责它，爱抚它，为它祈祷。我称呼它母亲、爱人，叫它娼妓、荡妇，也叫它阿布拉克萨斯。我想起了皮斯托留斯的一句话，也可能出自德米安，已经记不起什么时候了，只觉得耳畔再次响起这句话，关于雅各与天使摔跤的句子："你不给我祝福，我就不容你去。"[1]

---

1　雅各为希伯来人祖先。据《圣经·旧约·创世记》(32：24—32) 载，雅各经过毗努伊勒时，有天使与雅各摔跤，难解难分，天使要求离去，雅各便说了这句话，从而获得祝福。

灯光下的画像随着每一声呼唤变换着。有时发亮发光，有时转黑转暗；一会儿是苍白的眼睑盖在死去的眼睛上，一会儿又是双眼睁开目光灼灼。它在男人、女人、少女、小孩及动物之间来回转换，渐渐模糊成一个小块，然后又变得庞大而清晰。最终，我闭上眼睛，在内心的呼唤中，看到它比以往更强大更有力。我想朝它跪下，但它已深深植根于我的内心，我们无法分离，仿佛它已经完全变成了我。

此时我听到一阵隆隆的呼啸声传来，如春季风暴，一种无以言表的新感觉袭来，既恐怖又有些刺激。星星亮起，又熄灭。回忆将我带到几乎已被遗忘的童年，甚至出生前，还在母亲肚子里的时光，它们从我身边蜂拥而过。这些记忆是我最隐私的生活和秘密，不仅是昨日今天，也将映照出我的未来，把我从今天的日常拉进一种全新的生活模式。那图景鲜明而美好，但我事后一帧都没有记住。

夜里，我从沉沉的睡眠中醒来，和衣横躺在床上。我点亮灯，觉得自己要好好思考一下最重要的问题，几小时前的事竟然想不起来了。灯光下，回忆渐渐涌来。我寻找的那幅画没有挂在墙上，也没在桌子上。我隐隐约约觉得自己把它拿在手里烧了，然后把灰烬吞了下去——是在梦里吗？

一阵强烈的不安袭来。我戴上帽子，仿佛被狂风驱赶着，冲出房子，跑过街道和广场，来到皮斯托留斯所在的黑黢黢的教堂前，本能地倾听，却并不知道自己要听什么。我来到郊外，这里的妓院三三两两亮着灯，远处灰蒙蒙的雪覆盖着几座新建筑和砖瓦堆。我像个梦游者，被无名的压力驱赶着来到这荒郊野外，想起家乡也有这样一座新建筑，克罗默在那里第一次从我手里拿走了钱。夜幕中，类似的建筑矗立在我面前，黑色的门洞仿佛向我打着哈欠，要将我拉进去。我想抵抗，却几乎被沙子和瓦砾绊倒。在某种强大的外力驱使下，我走了进去。

我深一脚浅一脚走过木片和碎砖，来到一间荒凉的屋子。这里散发着湿冷和石头的气味。一堆沙子呈现一片灰白的亮斑，其余都隐匿在黑暗中。

一个惊讶的声音对我喊道："天哪，辛克莱尔，你这是从哪里来？"

我身旁的黑暗中站起一个人，一个瘦小的男孩，像鬼魂一样。我头发惊恐地竖起来，我认出这是我的同学克瑙尔。

"你怎么来这儿的？"他问道，激动得有些错乱，"你是怎么找到我的？"

我迷惑不解。

"我没找你啊。"我神志恍惚，嘴唇像被冻住一般沉重，每说一个字都感觉费力，仿佛它们必须吃力地穿过我的嘴唇。

他愣愣地盯着我。

"你没找我？"

"没有，我是被什么东西拉来的。是你喊我了吗？一定是你喊的。深更半夜的，你在这儿干什么？"

他细弱的臂膀使劲抱着我。

"现在是半夜，不过天马上就亮了。哦，辛克莱尔，你没忘记我！你能原谅我吗？"

"原谅什么？"

"我对你说的那些恶毒话！"

这时我才记起我们的谈话。只是四五天以前的事，我感觉已经过去了一辈子。这时我突然明白了我们之间发生的事，还有我为什么会在这里，克瑙尔想要干什么。

"你是要自杀吗？"

他因恐惧和寒冷打了个寒战。

"是，但我不知道自己能否做到，我想等到早晨再说。"

我把他拖到屋外。在清冷、无趣的灰色天空中，地平线上升起清晨的第一束微光。

我拉着他的手，走出去一段路，对他说："回家去吧，别和任何人说。你的选择是错误的。我们也不是猪，我们是人。我们创造了神并与之战斗，而他会降福于我们。"

我们默默地一路走下去，然后分道扬镳。回到宿舍时，天已经亮了。

我在St度过的最美好的时光，是与皮斯托留斯一起坐在管风琴边或壁炉前。我们一起读有关阿布拉克萨斯的希腊文文献，他为我朗读吠陀译文中的段落，教我发那个神圣的"om"音。催化我成熟的并不是博学，而是我内心的寻找，对梦境、思想和知觉逐渐增加的信任，对我内心力量的认识，这些都非常有益。

我与皮斯托留斯心有灵犀。我的意念一指向他，他就会来找我，或跟我联系。和德米安一样，即使我们不在一起，我也可以随时向他提问。我把问题强化作用于他，蕴藏于问题的心灵力量就会给我答案，只不过答案并非直接来自皮斯托留斯或德米安，而是来自我梦到或画出的图像，或者被我呼唤出的心魔，那个雌雄同体梦中人。它不只活在我的梦境里，也不只存在于纸面，而是还作为我自身的理想和升华，活在我心里。

克瑙尔失败的自杀行为，奇特而滑稽地与我产生了联系。自从我误打误撞碰到他的那个夜晚起，他像条忠实的狗或仆人一样粘着我，将自己的生命与我绑定，盲目追随。他带着最奇特的问题和愿望来找我，想看到神迹的出现，学习犹太神秘教义。我怎么解释也不能让他相信，我其实一无所知。他觉得我有各种超能力。奇怪的是，每次他带着愚蠢问题来找我时，正是我苦思冥想不得其解的时刻，而他的奇思异想往往给了我一把开锁的钥匙，使问题迎刃而解。我常常觉得厌烦，总是霸道地把他赶走，但我也发现，他把自己交给了我，我给予他的东西，他都会双倍地还给我。他也是我的向导，我的解决之道。他带给我一些很棒的书，是他借以寻找安慰和幸福的，读过以后我也同样受益匪浅。

后来，克瑙尔不知不觉地从我的生活中消失了，我对此并不在意。但皮斯托留斯不同。我在St的学业快结束时，我们之间发生了件特殊的事。

善良的人在生活中也有陷入不义与忘恩的时候，这似乎没有例外。我们终将与自己的父辈师长分道扬镳，体味孤寂的冷漠滋味。多数人因为难以忍受寂寞，便放下身段回归父母及他们所代表的光明世界。我在童年时与家人并没有严重分歧，只是不知不觉间和他们拉开了距离，关系变得越来越陌生。我为此感到遗憾，每次回乡时有些难过，不过还能忍受，不至于痛彻心扉。

然而，对于那些我们并非出于习惯而是出于本意热爱与敬畏的人，那些我们诚意欣赏的朋友和伙伴，当我们倏忽间发现，生命之河即将把他们带走，那将是我们最痛苦和失落的时刻。每一个背离朋友或师长的想法，都像是刺向自己心灵的毒箭，每一次的出击都是打在自己脸上的巴掌。那些自认有德行的人被冠以"不忠"与"忘恩负义"这样可耻的称呼和商标，于是被惊吓的心逃进童年美德的爱之谷，无法相信这纽带将被切断。

渐渐地，我内心不愿再无条件地承认我的朋友皮斯托留斯是我的引领者。虽然，在我成年的路上，与他的友谊是最重要的一段时光——他的建议、他的慰藉、他的亲近，一直陪伴我。上帝通过他对我说话，经由他的口，我的梦得以回归和清晰地解读。他赋予了我成为自己的勇气！然而，现在的我只感到自己对他的抵触逐日增长，他的话有太多说教，他对我的理解不够全面。

我们之间从未发生过戏剧性的争吵，没有决裂，甚至没有清算。我只说过一句原本无伤大雅的话，那是我们关系破裂的开始。

我的预感已经持续了一段时间，直到一个星期天，在他的书房，这种感觉清晰起来。我们躺在壁炉前，他在谈论自己正在研究的神秘主义和宗教形式，以及它们可能的未来。我觉得这些东西并没有那么重要，在旧世界的瓦砾中费力地翻寻高深的学问，有些滑稽可笑。我突然对这所谓的神秘主义礼仪以及传统宗教形式的马赛克游戏感到一阵逆反。

"皮斯托留斯，"我说，带着一股突然爆发的令我自己都吃惊的恶意，"你应该给我讲个梦，一个你自己真实的梦。你说的这些都是老古董！"

他从未听我如此讲过话，我自己刹那间感到羞愧难当。我射向他并击中他心脏的箭来自他的武器库——他偶尔会这样自嘲，我现在更将这自嘲以极端的方式恶毒地抛向了他。

他立刻感觉到了，随即沉默下来。我害怕地望着他，他的脸色变得苍白。

一阵令人窒息的长久的沉默之后，他往火里添了些柴，静静地说："你是对的，辛克莱尔，你很聪明。我以后不会再用这些古董打扰你了。"

　　他语气很平静，但我能听出其中的痛楚。我都干了些什么啊？！

　　我眼泪都要掉下来了，我想转身向他道歉，向他保证我的爱和感激之情。一些令人感动的话语已经到了嘴边，可就是说不出来。我趴在那儿，看着火光，沉默不语。他也沉默着。我们就这样静静地看着火苗渐渐微弱，直至熄灭。随着每一缕火焰的熄灭，我感觉美好的东西也随之飞走了，永远不会再回来。

　　"你恐怕是误解我了。"最后，我压抑地说，嗓音干瘪沙哑，无意义的蠢话机械地从嘴里流出，仿佛在读报纸。

　　"没有误解，"皮斯托留斯轻轻地说，"你说得没错，"他慢慢继续道，"反驳是每个人的权利嘛。"

　　不，不，我在心里大喊，我说得不对！但我还是说不出口。我随口说出的一句话击中了他的弱点、痛处和伤口，触到了他自我怀疑之处。他的理想是"古董"的，他是在过去的时光中淘宝的浪漫主义者。我一下子意识到，皮斯托留斯对我曾经意味的，他曾给予我的，恰恰是他无法成为的，也无法给予自己的。他为我指出的光明大道，却超越和背离了他这个引路人。

天知道我怎么会冒出那么一句话！我并无恶意，却造成了无法挽回的后果。我只是随口说出，自己都没有意识到在说什么。一个小小的恶作剧酿成大祸，我一不小心说出的话成了对他的审判。

我多么希望他会生气，为自己辩护，冲我喊叫！可他什么都没做，我只好在心里代他做了一遍。如果能够，他会冲我微笑，但他做不到。我给他的打击太大了！

被这个莽撞的、不知感恩的学生迎头一击，皮斯托留斯却默默承受，还说我的话在理，将它视为命运承担下来。这让我更讨厌自己了，将自己轻率的错误放大了千倍。我击出的球本想遇到强壮的会防卫的对手，结果他安静隐忍，毫不设防，默默投降了。

我们在渐渐熄灭的火焰前待了很久。火焰形成的每一个意象，每一根被烧成灰烬的树枝，都在提示我们曾拥有的美好、丰富的时光，更加深了我对皮斯托留斯的歉疚感。我终于无法忍受，起身离开了。我在他门口，在昏暗的楼梯上，在大门前等了很久，看他是否会下来。他没有。我只好离开了，在城里、郊区、公园和森林，走了很久，一直到晚上才回家。平生第一次，我在自己额头上感觉到了该隐的印记。

很久很久，我都不能正常思考。我所有的想法都在控诉自己，为皮斯托留斯辩护，但得出的结论却是相反的。我无数次想后悔，收回自己鲁莽的言语，但发现我说的是对的。我刚刚开始理解他，理解他的整个梦想——他想成为牧师，宣扬一种新的宗教，为情操、爱和祈祷赋予新的形式，设置新的象征符号。但这不是他力所能及的，也不是他的职责。皮斯托留斯过于流连往昔岁月，潜心研究历史，通晓埃及、印度、密特拉[1]和阿布拉克萨斯的学问。他的爱都倾注在地球早已经见过的景象上。其实他内心很清楚，新的时代日新月异，与过去迥然不同，它源自新鲜的土壤而不是图书馆和收藏品。他的职责或许是帮助人们找到自我，正如他帮助我一样，而不是赋予他们一个闻所未闻的新神。

此时，我像被烈焰灼伤一样，得到一个新的认识：每个人都有自己的天职，但并非自己能选择、规定或任意管理的。想要新的神是错误的，想给予这个世界新的东西是

---

1 在印度-伊朗古代神话中，密特拉为光明之神。

根本的错误！觉醒的人们唯一的责任就是，找到自我，成为自我，自己摸索前行的路，无论它通向哪里。我们俩的不欢而散带给我的领悟令我震惊。我常常幻想未来，想象自己可能的角色，诗人、预言家、画家，或别的什么职业。但这些都是虚无的。我的存在不是为了写诗、布道、画画，这不是我存在的目的，也不是他人存在的目的。它们只是副产品。每个人真正的职业是走向自我。他也许是诗人，也许是疯子，可能成为先知或者罪犯，这都无关紧要，重要的是找到自己的使命，并完整地、不间断地贯彻始终。所有其他的道路都不完整，是在尝试摆脱责任，逃进大众的理想，是随波逐流和对自己内心的恐惧。新的前景在我面前升起，赫然，崇高，我曾无数次感觉到，也许曾经常谈论过，但还是第一次亲身经历。我是自然的尝试，被投进不可知、新生，也许是虚无之中，感受那来自最遥远的深处的意志，将它的意志变成我的，这就是我的使命，别无其他！

我已尝遍各种孤独的滋味，现在我预感到，还有更深刻的孤独等着我，无法避免。

我没有再尝试与皮斯托留斯重归于好。我们依然是朋友，但关系已经不一样了。我们又聊过一次，准确地说，是他自己在向我诉说："你知道我想成为牧师，最理想的是成为一种新宗教的牧师，我们对这个宗教已有所领悟。可是我当不了，这一点我现在知道，以前也知道，只是一直不愿承认而已。但我会以其他形式侍奉上帝，比如管风琴。我必须生活在我自认是美丽而神圣的事物中间，管风琴的音乐和神秘主义，象征符号和神话，我需要它们，不可能放手。这是我的弱点。辛克莱尔，我有时也知道，我不应当怀着这些愿望，它们对我来说是奢侈品，是弱点。如果我将自己交给命运而不要有所求，那样才是伟大和正确的。但我做不到，这是我唯一做不到的事。也许你可以。这太难了，实在是太难了！我常常梦想的在现实中却无法做到，这让我不寒而栗。我不能赤条条孤独地待在人世，像一条可怜的孱弱的狗，需要一点温暖和食物，需要同类的一点慰藉。除了自己的天职什么都不需要的人，不会拥有同类，只能孤独地立于广袤的地球空间。你知道吗，站在客西马尼园中的耶稣就是这样。有些殉道者心甘情愿被钉在十字架上，但他们也不是英雄，没有解脱，也有自己熟悉和喜爱的东西，有榜样和理想。只听从天职的人既没有榜样也没有理想，没有爱与慰藉。这是我们俩的路，我和你这样的人注定了命运孤独，但我们至少还有对方，我们心下满足，因为我们与众不同，奋起抗争，追求卓越。选择了命运之路，这些也必须放下，不能试图成为革命者、榜样，或殉道者。这超乎了想象……"

是的，这超乎了想象，但是还可以梦想、预感和感知。有几次，我一个人安静地待着的时候，我感觉到了什么。我注视自己的内心，看到我的天命睁开了眼睛，眼睛里充满智慧，或充满妄念，或散发爱和恶意，都无所谓。我们不能选择，也不能期望，只能要自己，要自己的天命。皮斯托留斯将我带上了这条路。

那些日子，我的内心像有狂风暴雨，盲目地四处冲撞，每走一步都有风险。我临着黑黢黢的深渊，所有迄今走过的日子都是歧途，都在陷落。我在内心看着我的导师，和德米安一样，他的眼里写着我的天命。

我在纸上写下："一位导师离开了我，我在暗夜中无法独自前行。请帮帮我！"

我想寄给德米安，想想还是算了，总觉得它幼稚可笑，毫无意义。我像背祈祷词一样背熟了它，经常在心里默念，让它无时无刻不陪伴着我。我终于明白了祈祷的意义。

我的中学时代就要结束了。听从父亲的建议，我准备去毕业旅行，然后上大学。学哪个专业我还没有确定，先在哲学系注册了一学期。其实，换作别的，我也无所谓。

# 爱 娃 夫 人

假期里，我去探访德米安和他母亲住过的房子。一位老妇人在花园里散步。我上前询问，了解到她是这座房子的新主人。我向她打听德米安一家，她对母子二人记忆犹新，但并不知道他们搬去了哪里。她看出我很关心的样子，便邀请我进屋，拿出一本皮制相册，给我看德米安母亲的照片。我几乎记不起她的模样了。看到照片时，我的心脏几乎停止了跳动。那不是我梦中的人吗？高大、有点雄性的女人体态，容貌和儿子很像，既充满母性，又有些严厉，非常热情。她的美很有诱惑力，又让人难以接近，集魔鬼与母亲、命运与情人于一身。是的，就是她！

我的梦中人居然真的存在，这简直是奇迹，太疯狂了！有一个女人，长得就是我天命的样子，而她恰好是德米安的母亲！可她现在究竟在哪里？

我不久就出门旅行了。我马不停蹄地从一个地方走到另外一个地方，随兴而至，四处寻觅她的踪影。偶尔碰到一个人，那声音和体态会让我立刻想起她。我在陌生城市的街巷，在火车站和列车之间奔走，四处寻觅，仿佛迷失在一个错综复杂的梦里。有时，我意识到自己这么乱跑没什么用，便无所事事地坐在公园的长凳上，酒店的花园里，或者候车室中，在心里搜寻她的形象，但此时那形象却羞答答地转瞬即逝。我夜里无法入睡，只能在行驶的火车上，望着窗外陌生的风景，偶尔打个盹。在苏黎世，一个俏皮的漂亮女人总跟在我身后，我目中无人地自己往前走，当她是空气。我不会去关注别的女人，哪怕一秒钟。

我感到命运就在前方指引着我，它的圆满已近在咫尺。我急不可耐，却无法付诸行动。有一次，好像是在英斯布鲁克火车站，列车刚刚启动，我从车窗看到一个神似她的身影，这让我郁闷了好一阵子。此后，我又在梦里看见她。从羞愧与无聊中醒来后，我觉得这么漫无目的地找下去毫无意义，就径直回家了。

几周后，我去了H大学报到。这里的一切都令人失望。哲学史讲座像工厂批量生产的产品，空洞无物。学生的活动也是一成不变，挂在他们稚嫩的脸上的笑容空洞而虚幻。学校生活让人压抑，不过我倒是很自由，每天可以做自己想做的事。我住在城郊的一座老房子里，这里安静舒适，桌上摆着尼采的书。我和他一起生活，体验他灵魂的寂寞，感知自己的天命并不断追求。我感受着尼采的痛苦，为他不屈不挠坚持自我而欣慰。

傍晚，我独自在城里散步。秋风吹来酒馆里学生们的歌声，从大开的窗户望进去，里面烟雾缭绕，传出嘹亮的歌声，却感觉毫无生气。

我站在街角远望，这两个酒馆定时就会传出年轻人的欢声笑语。他们喜欢聚在一处，整齐划一，对自己的天命却全然不知。

此时，我身后缓缓走来两个男人，我听到他们一小段对话。

"这里和非洲农村的青年之家有什么区别？"其中一个说，"甚至还流行文身。你瞧，年轻的欧罗巴就是这副样子。"

那声音如此熟悉，仿佛在点醒我。我顺着黑暗的街道尾随他们而去。其中一个是日本人，个子矮小，穿着考究，灯下能看见他黄色的脸笑得很灿烂。

另一个说：

"你们日本也好不到哪儿去，不随波逐流的人哪儿都不多。这里也有几个。"

他说出的每个字都令我惊喜无比。我听出来了，这是德米安！

清风徐徐的夜晚，我跟着他和日本人穿过黑暗的街道，听他们谈话，享受着德米安那依然自信镇定的声音，这声音在小时候就对我产生了很大的魔力。太好了，我又找到他了！

在郊区的一条马路尽头，两个人告别后，日本人打开房门进了屋。德米安开始往回走。我站在街的中央，一动不动，心扑通扑通跳个不停。他步伐轻快，穿一件褐色的橡胶雨衣，胳膊上挂着根细细的手杖。他迈着均匀的步伐来到我跟前，摘下帽子，现出他依旧明亮的脸庞、坚定的嘴唇，以及宽阔的额头散发的那特有的光芒。

"德米安！"我率先喊出了声。

他向我伸出手。

"你终于来了，辛克莱尔！我一直等你呢。"

"你知道我会来？"

"之前不知道，但我一直希望你来。今天晚上，你一直跟着我们。"

"你早就认出我了？"

"当然，虽然你有变化，但那个印记没变。"

"印记，什么印记？"

"我们曾叫它该隐之记的，你还记得吧。这印记你一直都有，就是它让我们成为朋友的。现在这印记更清晰了。"

"那时我并不十分清楚，或许我心里是知道的吧。德米安，我画了一幅你的画像，奇怪的是那也有些像我。难不成是这个印记的缘故？"

"是的。现在好了，你终于来了，我母亲会很高兴。"

他又一次让我吃惊。

"你母亲，她也在这儿？可她并不认识我呀。"

"噢，她知道你，我不说她也能认出你来。我们好久都没听到你的消息了。"

"我总想写信给你，但一直没法下笔。最近，我预感到就要找到你了，我天天都盼着。"

他挽着我的手臂一同前行。他身上散发出一种安宁的气息，也渐渐沁入我的身体。我们像从前一样聊起来，回顾一起上学和上坚信礼课的时光，还有假期那次不太愉快的相遇，但都避开了最初将我们紧密联系在一起的弗朗茨·克罗默。

我们的谈话渐渐转向一些奇异而充满预感的话题。从德米安和日本人谈话的主题聊起，到大学生的生活，并延伸到更远。但德米安认为它们之间存在着内在联系。

他谈到欧洲精神以及时代特征，说大家喜欢到处搞联合，却感受不到爱与自由。所有的联合体，从学生社团到歌唱协会直至国家，都是强制建立的，是人们出于恐惧、敬畏和困境组成的团体，腐朽而古老，濒临崩溃。

"协作本是好事，"德米安说，"然而我们周围所见到的却并非如此。人们基于彼此间的了解组合在一起，可以暂时改变世界。而我们看到的所谓协作，只是成立社团。人们出于害怕而彼此投奔——士绅阶层、工人、知识分子，各自组成自己的小团体。可他们害怕什么呢？人只有与自我无法协调统一时才会感到害怕。一群人形成某个组织，每个人又害怕内心那个不可知的自我，他们发现生活的法则不再有效，旧的法则，无论宗教的还是世俗的，都不能适应当下的需要。上百年来，欧洲一直在研究和建造工厂，人们很清楚杀死一个人需要多少火药，却不知应该如何向上帝祈祷，甚至不懂得如何享受当下。看看这些学生扎堆的酒吧，富人流连的娱乐场所……简直无可救药！亲爱的辛克莱尔，这里不可能产生开化，他们出于恐惧抱在一起，内心充满恐惧和恶意，彼此间不信任。他们坚持不再是理想的理想，用石头砸死树立新理想的人。冲突已经存在，而且离我们越来越近！相信我，这冲突不会让世界变得更好。工人们推翻工厂主，德国与俄国联合，这仅仅意味着江山易主。当然，变革也不是毫无意义，起码能证明当今人们的理想一文不值，届时，我们便可以将石器时代的诸神清理干净。当今世界必将走向灭亡与沦陷，一定会的。"

"那么，在这个过程中，我们该当如何？"我问道。

"我们？哦，我们也许会一同走向毁灭，或被革了命。不过这不会是最终的结局，未来意志会将剩余的我们及存活下来的人凝聚在一起。长期被欧洲科技发展碾压的人类意志将得以显现，我们将发现，人类意志与当今各级组织——国家、人民、协会或教堂，从未有过任何相通之处。相反，大自然对人类的愿望写在我们每个个体之中，包括你我，也包括耶稣和尼采，这才是唯一重要的。当然，它每天看上去都有所不同。当所有组织崩溃之时，就是它横空出世之日。"

我们在河边的一座花园停下来。

"我们就住在这儿，"德米安说，"哪天过来坐坐吧，我们已经等你很久了。"

　　我在空气清新的夜晚独自走回家，心情十分愉悦。三三两两的学生穿过城市，脚步蹒跚。他们寻求快乐的方式与我的孤独生活形成鲜明对照，让我常常感到自己的贫乏，但有时我也会对他们嘲弄一番。而今天，我第一次感到自己充满了宁静和神秘的力量，周围的一切都不再重要，世界也变得遥远而模糊。我想起家乡的公务员，那些德高望重的先生，喜欢回忆学生时代的醺醺然光景，仿佛那是幸福的天堂。他们礼拜逝去的学生时代的"自由"，像诗人和浪漫主义作家缅怀自己的童年时代。他们醉眼惺忪地过了几年之后，栖身于某地，成为装腔作势的公务员。哪里都一样，人们出于恐惧到处寻找曾经的"自由"和"幸福"，借以逃避责任和选择的道路。是的，我们的世界已经腐朽，比起社会上的千疮百孔，学生们干的蠢事还算好得多。

　　我回到自己偏僻的住处，躺到床上时，这些想法都已烟消云散。我开始沉浸于今天带给我的美好承诺。只要愿意，我明天就能见到德米安的妈妈了！让那些学生在酒吧里狂欢，在自己脸上文身吧，让世界腐烂沉沦吧！这一切与我毫不相干。我唯独期待着，我的命运以一种新的面貌与我相遇。

我沉沉睡去，第二天醒得很迟。新的一天就像我的节日，自小时候过圣诞节以来，再没有过这样的感觉。我心里充满躁动，没有一丝的害怕。这个日子意义非凡，我观察着、感觉着周围的世界的变化，它充满期待，一切都彼此关联，如此隆重。秋雨轻轻下着，安宁美好，我耳边仿佛响起严肃而欢快的乐曲。外界第一次与我的内心融为一体，这是心灵的节日。生活具有了价值，还是那些房子、橱窗和街头攒动的脸庞，但它们不再有往日的乏味和庸常，也打扰不了我。一切都在期待，充满敬畏地迎接命运。我仿佛回到了孩童时代，小时候圣诞节和复活节的早晨，世界就是如此美好。现在的我习惯于生活在自己的内心，外界已经失去了意义，缤纷的世界随童真一起消失在了远方。某种意义上，这是灵魂的自由和成长为男子汉必须付出的代价。现在我欣喜地发现，美好的事物并没有离开，只是被掩埋和遮盖，对于自由而成熟的人来说，世界依然流光溢彩，我依然可以像孩童一样享受这一切。

这个时刻终于到啦。我沿原路找到了那天夜里和德米安告别的郊外花园。高大的灰色林子里掩映着一座小屋，明亮而舒适，玻璃幕墙后是高高的鲜花灌木，透过明亮的窗户可见深色墙壁上的画和一排排的书。大门直通一个温暖的小厅，腰系白色围裙的黑人女佣，一句话不说将我引进门，为我脱去外衣。

她让我在小厅里等着。我环顾四周，感觉像在自己的一个梦里。门上方的木质墙壁上，黑色镜框里挂着一张再熟悉不过的画——我那金黄雀鹰头的鸟，正从世界之壳探出身来。我百感交集，站在那儿一动不动。这一瞬间，我所做的一切，经历的一切，所有的快乐和痛苦，作为回报和兑现回到了我身边。过去的时光一幕幕掠过我的心灵：父母家和大门上方古老的石制徽章，临摹徽章的少年德米安，恶棍克罗默，趴在宿舍安静的书桌上画着渴望之鸟的我，灵魂正迷失在自己编织的网中——所有这些，在这一刻重新浮现，在我心中得到确认、回应和赞同。

我的眼眶渐渐湿润，盯着那幅画在心中默念。此时，我移动目光，看到鸟的画像下面，敞开的门里，站着一位着深色长裙的高挑的妇女。就是她。

我呆在那里，一句话说不出来。这是个美丽的、令人敬畏的女人，面容和德米安的一样生气勃勃，看不出岁月和年龄。她的微笑注视让我感到心满意足，她的问候让我如沐春风。我默默地向她伸出双手，被她温暖的手紧紧握住。

"辛克莱尔，我一下子就认出来了。欢迎欢迎！"

她的声音低沉而温暖，听上去如饮甘露。我抬起头，看着她安详的脸庞，深不可测的黑眼睛，新鲜醇熟的嘴唇，自由高贵的额头。她额头上也刻着那个印记。

"我太高兴了！"我说，吻着她的手，"我觉得自己一直在路上，现在终于回到家了。"

她看着我，微笑着，目光充满母爱。"辛克莱尔，我们永远都在路上，"她说，"不过，当我们彼此的道路交会在一起时，整个世界就是家乡。"

她说出了我这一路上的所想。她的声音、语调和德米安的很像，但又不一样，显得更成熟，更温暖，更自然。正如以前马克斯给人的印象完全不像男孩一样，她也不像有个成年儿子的女人。她的脸庞和发辫散发着青春甜蜜的气息，皮肤紧致，没有皱纹，嘴唇像盛开的花瓣，比梦中的她更显高贵。和她在一起令人感到幸福和满足。

从此，我的生活翻开了新的一页，成熟和喜悦代替了严酷和孤独。我无须做决定，也无须发誓，就已经到达目的地，来到高处，可以望见遥远壮阔的前路，只需向着应许之地努力。那里有幸福之树遮蔽阳光，欲望花园赋予清凉。认识了爱娃夫人，听着她悦耳的声音，呼吸着她近在咫尺的气息，无论发生什么，都是幸福的。无论作为母亲、爱人还是女神，只要有她在，只要我们走在同一条道路上，就一切安好！

她指着门上的雀鹰画。

"收到你这幅画，马克斯高兴极了，"她边想边说，"我也一样。我们一直在等你。收到这幅画时，我们就知道你已经在路上，辛克莱尔。你还在上小学时，有一天德米安从学校回来说：有个男孩额头上有该隐的印记，他一定能成为我的朋友。他说的就是你！这一路到处是坎坷，但我们对你一直有信心。有一次你们在假期碰到，那时你大概十六岁吧，马克斯也跟我说了。"

我打断她："啊，他告诉过您？那是我最最痛苦的时候！"

"是的，马克斯对我说：现在是辛克莱尔的艰难时刻，他想逃避，融入同学们的圈子，还常去喝酒。但没有用的，印记虽然被遮住，但仍然会暗中灼烧。——难道不是这样吗？"

"是的，的确如此。后来我发现了贝娅特丽丝，也找到了我的人生导师，他叫皮斯托留斯。那时我才明白为什么以前和马克斯如此亲密，离不开他。亲爱的夫人，亲爱的母亲，那段时间我常常想到自杀。难道，每个人的生活之路都这么难吗？"

她用手轻抚我的头发，宛若微风拂过。

"人生在世都是艰难的。你知道，鸟破壳而出也要付出巨大的努力。可是仔细想想，生活中难道只有困难，没有过美妙的时刻吗？你看到过有更美更轻松的生活吗？"

我摇摇头。

"生活很难，"我如在梦魇，"很难，直到梦的来临。"

她点点头，目光锐利地看着我，仿佛能穿透一切。

"是啊，我们必须找到自己的梦，人生的道路才会轻松。但世上没有永恒的梦，新旧交替才是永恒。我们不能抱持一个梦不放手。"

我惊讶不已，这是对我的警告吗？抑或是拒绝？无论如何，我准备接受她的指引，不管走向哪里。

我说："我不知道我的梦会持续多久，我希望是永恒的。从画雀鹰开始，我就有了自己的天命，它像一个母亲、一个爱人，我只属于它，它是我的唯一。"

"只要梦想是你的天命，就应该对它忠贞不贰。"她严肃地表示肯定。

149

我心头涌起一阵莫名的悲伤，想死在这一刻。眼泪涌了上来，无法阻挡。我已经很久没有哭过了。我别开脸，走到窗前，目光越过盆栽花卉，漫无目的地望着窗外。

她的声音在我身后响起，镇定而又温柔，如斟满了葡萄酒的酒杯。

"辛克莱尔，你还是个孩子！命运会眷顾你的，总有一天它会完全属于你，正如你所梦想的。你要做的就是保有自己的忠诚。"

我努力克制自己的情绪，把脸转过来。她向我伸出手。

"我有些朋友，"她微笑道，"不多的几个亲密友人，他们都叫我爱娃夫人。如果愿意，你也可以这么叫我。"

她带我来到门边，打开朝向花园的门。"马克斯就在外面。"

我站在高耸的树下，恍惚而震惊，不知道自己是更清醒还是更迷茫了。雨透过树叶缓缓落下。我走进依河而建的开阔的花园。终于，我在一间敞开的小屋里找到了德米安，他上身赤裸，正对着吊袋练习搏击。

我停下脚步，呆呆地看着德米安的身体：他宽阔的胸膛，结实的上身，胳膊隆起的肌肉，整个人强壮有力。力量从臀部传到肩膀和四肢，动作如行云流水。

"德米安，"我喊道，"你在干什么？"

他开心地笑着。

"我在训练，我和日本人约了摔跤比赛。他灵活得像只猫，也很狡猾。但他对付不了我，我要好好教训他一顿。"

他穿上衬衣和外套。

"你和我母亲见过了？"他问道。

"是的，德米安。你有一个多棒的母亲啊！爱娃夫人，这名字和她太配了！就像万物之母。"

他思忖着看了我好一会儿。

"这你都知道了？那你应该感到自豪，你是第一个刚认识她就知道这个称呼的人。"

从此，我在这个家进进出出，像儿子和兄弟，也像情人。每次走进大门，从远处看着花园里高高的树篱，我就已经幸福满满了。外面是现实的世界，是街道和房子、人和机构、图书馆和教室，而这里有爱和灵魂，这里住着童话和梦想。但我们并不是与世隔绝，我们活在思想和交谈中，活在这世界的另一片天空下。我们区别于多数人的并非地域，而是观察问题的方式。我们向他们展示一个别样的岛屿、一种模式，证明另一种生活方式的可能。我孤独了太久，知道尝遍孤独滋味的人才能体会到友谊的珍贵。我不再渴望盛宴与节日，看到别人聚在一起也不再羡慕，不再想家。慢慢地，我开始了解带"印记"的人们的秘密。

在世人看来，我们有些怪异、疯狂甚至危险。这也难怪他们。我们是已经觉醒或正在觉醒的一群人，致力于日臻完美的觉知。而其他人努力的目标，是将信念、理想和责任，将他们的幸福生活维系在某个组织上。他们也在付出，他们的努力也有意义和价值，但我们是以新的、个性化的、趋向未来的形式展现自然的意志，而他们生活在固有的妄念之中。对他们而言，人类——他们和我们一样热爱的——是一件成品，只需维护和保养。我们认为，人类是遥远的未来，我们所有人都在路上。未来的前景无人知晓，其法则也从未被书写。

我们的小圈子除了爱娃夫人、马克斯和我，还有一些其他形式的探索者，和我们的关系或远或近。他们另辟蹊径，目标独特，观点和自认的使命都与众不同。其中有占星术士、犹太神秘教徒、托尔斯泰信徒等，很多人性格温柔、羞怯、敏感。也有几个新教的门徒、印度苦行僧和素食者。我们思想体系不同，但对彼此的生活梦想乐见其成。他们和我们一样，循着人类过往的历史寻找上帝和新的理想，这让我经常想起皮斯托留斯。有时他们带一些书过来，把古代的语言文字翻译给我们听，向我们展示古老的象征符号和礼仪。他们认为，人类的理想其实都源自无意识的灵魂——梦境，并在其中摸索未来的可能性。通过这种方式，从旧世界奇妙的多神信仰到基督教的起源，我们都会有所涉猎，也了解了虔信者的信条，以及宗教在各民族之间传播的规律。这些信息对我们批判性地理解当下与欧洲很有帮助。人类付出巨大的努力创造了威力强大的新武器，但精神却陷入深深的荒芜。它赢得了全世界，却为此失去了灵魂。

我们的小圈子里也有信仰某些希望和救世说的拥趸，有想要改变欧洲信仰的佛教徒、托尔斯泰信徒和其他教派信徒。我们聆听他们的理论，仅仅将其作为一种符号去接受。拥有印记的人并不担心未来会怎样，对我们来说，所有的信仰和教义已死，它们毫无用处。我们只认定一个责任和天命：成为自我，按天性和个人意愿生活，无论未来带给我们什么，我们都已经做好了准备。

说也罢不说也罢，我们都愈加清晰地感到，当今时代的崩溃与新生越来越近，近在咫尺。德米安曾说："我们很难想象即将发生什么。欧洲的灵魂是一只被锁了太久的困兽，一旦得到自由，那动静绝不会友善。只要灵魂的困境大白于天下，用什么方法，或者走点弯路都无关紧要，而长期以来人们一直在麻木与谎言中顾左右而言他。那时将是我们大展拳脚的时刻，人们需要我们，并非作为领袖或新规则的制定者——因为我们不会再有新的法规——而是作为同行者，愿意与他们站在一道，听从命运的召唤。等着看吧，当理想受到威胁，所有人都愿意付诸行动，做出平日里不可思议的举动。但假若出现的是新理想，或是一种危险而可怕的成长的冲动，恐怕愿意站出来的就只有我们了。因此我们被做了标记，像该隐一样引发恐惧和仇恨，将当时的人类从狭隘的田园生活带入危险的开阔地。所有对人类发展做出贡献的人，无一例外都愿意张开双臂拥抱命运，才有能力去影响世界，无论摩西、释迦牟尼、拿破仑还是俾斯麦。投身于哪一种事业，走什么路线，并非他们自己的选择。假如俾斯麦能理解并适应社民党，那他会是个聪明人，却不是命中注定的那个俾斯麦。[1]拿破

---

1 1871 年巴黎公社出现后，俾斯麦对社会主义者采取敌对态度，并于 1878 年取缔了社会民主党。但在 1890 年，社会民主党、天主教中央党等被俾斯麦视为"帝国之敌"的政党在选举中获得国会半数以上席位，俾斯麦黯然辞职。

仑、恺撒和罗耀拉[1]也是一样。我们必须从进化和历史发展的角度看问题。地球板块运动将海洋生物带到陆地，将陆上生物赶进海洋，是适应天命的绝佳例子，以前所未有的方式完成着物种的进化。我们并不知晓，这些以各自的方式脱颖而出的人之前是属于保守派还是革命者，但他们都做好了准备，有能力拯救自己的物种。清楚了这一点，我们也要有所准备。"

我们谈论这类问题时爱娃夫人通常都在，但她不发表意见，只是聚精会神聆听我们的想法，并给予积极的回应。她的回应总是充满了信任和理解，仿佛这些想法根本就来自她，现在又回归到她。能待在她身边，听她说话，享受她散发出的成熟与精神的氛围，对我来说实为幸事。

每当我情绪波动，心情欠佳，或者有了什么新点子，她马上就能感觉到。我梦的灵感也往往源于她。我给她讲我的梦境，这在她听来都是理所当然的，没有她不能理解的事情。有一段时间，我会梦到我们白天谈到的情景，世界大乱，我一个人，也许还有德米安，紧张地等待伟大命运的召唤。但命运总是隐藏在迷雾之中，具有爱娃夫人的

---

1　罗耀拉（Ignatius Loyola, 1491—1556），西班牙神学家，16世纪天主教改革运动中有影响力的人物，耶稣会创始人。

特征，由她选择，或被她抛弃，这就是我的天命。

有时她会微笑着告诉我："辛克莱尔，你的梦不完整，你把最精彩的部分忘了……"我仔细回想，果真如此，却不明白自己怎么会忘掉。

有时，我被内心的渴望折磨得烦躁不安。每天和自己的偶像在一起，却不能拥抱她，这令人无法忍受。她也很快注意到了。有一次，我好几天没去德米安家，等我心烦意乱地到达时，她把我拉到一边，说："你不应该把自己交给你无法信任的愿望。我知道你想要什么，你要么放弃，要么一心一意追求。只要充满信心，愿望一定会实现。如果心存梦想，又思前想后，怕自己后悔，结果肯定不会如愿。你要克服这种心理。辛克莱尔，我给你讲个童话故事吧……"

那是一个男孩爱上星星的故事。她说，年轻人站在海边，张开双臂向星星祈祷，梦想着它，思念着它。但他知道，或者他认为自己知道，人不可能拥有一颗星星，自己命中注定只能毫无希望地爱它。他写了很多的诗，都是关于生命的放弃和默默承受之类，借此表达自己的爱。星星是他梦的唯一主题。一个夜晚，他来到海边，站在高高的悬崖上，望着星星，承受着爱的焦灼。在极度的渴望中，他纵身跃向自己的爱,一瞬间闪过的念头是"这不可能"。最终,他摔死在沙滩上。其实,他不懂得如何去爱,如果在飞跃的瞬间怀着坚定的信念,他一定能够飞到天上,与自己的星星融为一体。

"爱不能祈求而来,"她说,"也不能去索取。爱需要自我肯定的力量。它不是被吸引,而是去主动吸引。辛克莱尔,你的爱是被我吸引来的,如果它能吸引到我,我自己就会来的。我不想赠予,而是被赢得。"

她又给我讲了另外一个故事:一个苦苦单恋的男子在无望中走入内心,认为爱只能让自己受伤。世界在他眼中消失了,蓝的天空,绿的森林,潺潺的小溪,竖琴发出的美妙音乐,一切都沉入了深渊。他变得贫穷、凄苦,但他的爱却与日俱增,宁可死也不愿放弃他深爱的美丽女人。爱在他的心中燃烧,越来越强大,甚至将爱人也吸引到自己身边。他张开双臂拥抱她,发现主动投入他的怀抱的,不仅仅是自己的爱人,还有天空、森林、小溪,都在用缤纷的色彩环绕着他,诉说着他的语言。他不仅赢得了女人,也赢得了整个世界,天空的每一颗星都在向他闪耀,让他的灵魂充满欢娱。他坠入爱河,并在其中找到了自我。然而,多数人的爱却是在迷失自我。

我对爱娃夫人的爱是我生命的全部内容，她每天看上去都有所不同。有时，我觉得并不是她本人吸引我，而是因为她是我内心的反映，我需要走进自我的深处。她的话往往就是我潜意识中急切需要的答案，令人震撼。有时，待在她身边让我充满欲念，我吻着她触碰过的每一件物品，感官与精神的爱渐渐融为一体，现实与象征交织在一处。我躺在房间里想着她，内心平静，能感到她的手在我的手上抚摸，她的唇印在我的唇上。和她在一起，凝望着她的脸，和她谈话，听她的声音，却不知身在梦里还是现实世界。我开始慢慢学着如何才能拥有持续永恒的爱。读一本书，领略到新的知识，感觉就像爱娃夫人的吻。她抚摸我的头发，以她成熟的散发着温暖芳香的微笑望着我，我就知道自己又有所进步。她对我如此重要，就像我的天命。她能成为我的每一个思想，而我的每一个思想也能变为她。

圣诞期间，我回家去看望父母。一开始有些担心，远离爱娃夫人两个星期之久，这对我将是怎样的折磨啊。但事实上我感觉很好，我人虽在家，但心里一直想着她。回到H以后，前两天也没有去找他们，享受着与她拉开距离的安全感和独立感。我依然做梦，在梦中我们以一种隐喻的方式相结合。她是大海，我是奔入她怀抱的河流。她是星星，我是另一颗与她相遇并彼此吸引的星星。我们幸福地在一起，彼此环绕，永永远远。

我回来后第一次去看她时，把这个梦告诉了她。

"这个梦好美，"她宁静地说，"希望它能够成真。"

初春的一天，是我永生难忘的日子。我走进客厅，看到一扇窗开着，温暖的空气中飘着浓郁的风信子的香气。房里没有人，我上楼来到马克斯的书房，轻轻叩响房门，和往常一样，没等里面应声就走了进去。

房间很暗，窗帘拉着。朝向旁边一个侧室的门开着，那是德米安的一个小型化学实验室。明媚的春光透过雨云射入这个房间。我以为没人，把窗帘打开。

结果，我看见德米安坐在窗边的凳子上，身子缩成一团，形容异常。我一下子想起曾经见过的类似景象！他手臂悬在那儿一动不动，手耷拉在腿上，脸朝前倾，眼睛无神地睁着，像死了一样。他眼睛上有一块玻璃样的小亮斑，呆滞、苍白的脸庞毫无表情，仿佛庙门上古代动物的面具。他的呼吸好像也停止了。

想起过去的事，我不寒而栗。多年前，我还是小男孩的时候，看到过他这样子，一模一样。他眼神呆滞，手毫无生气地耷拉着，一只苍蝇在他脸上滑动。那应该是六年前的事了，而他现在看上去和当年一般大，脸上的每一道纹路都没有变化。

我很害怕，悄悄溜出房间下了楼，在客厅里遇见了爱娃夫人。她脸色也是苍白的，看上去很疲倦。这是我在她身上从未见过的。一片阴影掠过窗子，刺眼的白色阳光不见了。

"我刚从马克斯那儿来。"我飞快地小声说，"出什么事了？他是睡着了还是魂儿跑了，我以前就见过他这样，但不知道发生了什么。"

"你没叫醒他吧？"她问道。

"没有，他听不见我，我就出来了。爱娃夫人，他到底怎么了？"

她用手背抹了抹自己的前额。

"别担心，辛克莱尔，他没事。他回到自我了，很快就会过去的。"

她起身朝花园走去。这时，雨淅淅沥沥下了起来，我感觉她不愿意我跟着，只好在客厅来回踱步，吸着风信子醉人的香气，望着门上那只雀鹰。我很担心，整个房间笼罩着某种奇特的阴影。那到底是什么？发生了什么事？

爱娃夫人很快回来了，头发被雨水打湿。她坐到扶手椅上，一身疲倦。我走近她，俯身吻着她头发上的雨滴。她目光清亮而镇定，但雨滴尝起来是咸的，和泪水一样。

"要不要我去看一下他怎样了？"我低声问。

她虚弱地微笑着。

"辛克莱尔，你不是小孩子了！"她大声劝道，仿佛需要靠声音冲破某种藩篱，"你回家吧，晚点再来，我现在没法和你谈。"

我只好离开德米安的家，离开城区，朝山上走去。细雨斜斜地打在我身上，乌云在沉重的压力下飘得很低。山下几乎没有风，高处则酝酿着风暴，太阳从铁幕般的云层中不时露出苍白刺眼的亮光。

此时天空中飘来一片松散的黄云，在灰色墙壁前聚集，风顷刻间用黄蓝两色的云织成一幅画，一只巨大的鸟，从蓝色混乱中撕开一条路，扑闪着宽阔的翅膀消失在天空。此时，远处雷声隆隆，暴雨挟着冰雹鞭笞着广袤的田野，又一阵急促而令人恐惧的雷声响起。很快，太阳出来了，褐色森林的上方，苍白而虚幻的雪映照着近处的山峦。

几小时后，我浑身湿透跑了回来，脑子里一片恍惚。德米安为我打开门。

他领我上楼，走进他的房间。实验室里一盏气灯在燃烧，到处是纸片。他似乎刚刚工作过。

"坐下吧，"他显得很殷勤，"你肯定累了，这天气真糟糕。我知道你在外面也忙活了一阵。茶马上就来。"

"今天到底出什么事了，"我问，"可不只是下雷阵雨而已。"

他探究地看着我。

"难道你看到什么了？"

"是的，我在云里看见一幅非常清晰的图像。"

"什么图像？"

"一只大鸟。"

"那只雀鹰，是吗？你的梦中之鸟。"

"是的，是我的雀鹰，黄色的，大极了，飞进了深蓝的天空。"

德米安深深吸了口气。

这时有人敲门。老女仆送来了茶。

"辛克莱尔，请用茶。我觉着你看到那只鸟绝非偶然，对吧？"

"偶然？这怎么可能偶然遇到！"

"好的，不是偶然。那你知道这意味着什么？"

"不知道。我只觉得很震惊，是命运的一大步，我想，和我们所有人都有关。"

他激动地来回踱步。

"命运的一大步！"他大声喊道，"我昨晚也做了类似的梦，梦见自己爬上梯子，梯子架在树上或一座塔边。在梯子顶上我能看到所有的风景，宽广的平原、城市和乡村。我母亲昨天也有同样的预感。但我还不能明确地告诉你，自己还不明白怎么回事。"

"这梦是指向你自己的吗？"我问道。

"指向我？当然了。没有人会做与自己无关的梦。但你是对的，这梦关系到不止我一个人。我能准确区分不同的梦，有的梦是关于我的灵魂的，还有一小部分涉及所有人的命运。但这样的梦很少，而且我从没做过能预示未来又实现了的梦。这些暗示都不清晰，但我肯定，有些梦不只与我有关，它们属于过去的人，在我的梦里继续而已。辛克莱尔，这些梦让我有种预感。我告诉过你，我们的世界已经堕落，但还不能借此预言它的衰败。很多年来，我梦到，或者感觉到，旧世界坍塌的脚步越来越近了。这预感一开始微弱而遥远，现在越来越清晰，越来越强烈。我知道，有什么伟大而可怕的事即将发生，而且我自己会参与其中。辛克莱尔，我们将见证我们谈论过的所有这些！革命将至，空气中散发着死亡的气息，任何新事物的到来都会伴随死亡，比我们想象的更可怕。"

我看着他，着实被吓到了。

"你梦的其他部分也能给我讲讲吗？"我懦懦地问。

他摇摇头。

"不行。"

这时，门开了，爱娃夫人走进来。

"原来你们俩在一起啊！孩子们，你们没有难过吧？"

她看起来精力充沛，疲态全无。德米安对她笑笑。她走向我们，像是来安慰被吓到的孩子。

"妈妈，我们并不难过，只是对这些新的征兆感到迷惑。但也没什么，该来的总是要来的，也许会突然降临。需要知道的，到时候我们就知道了。"

而我却感到难过。我和他们告别，独自走过门厅时，风信子的香气已经凋零、枯萎，像死亡的气味。一片阴影覆上我们。

# 结束与新生

我说服家里暑假让我留在H。我们不怎么在室内活动，大部分时间在河畔的花园度过。比赛中输给德米安的日本人离开了，托尔斯泰信徒们也走了。德米安养了匹马，天天骑很长的时间。常常只剩了我和爱娃夫人在一起。

有时我讶异于自己能过得如此平静。我早已习惯一个人待着，不再纠结于自己的痛苦。在H的这几个月像在梦里，一切都美丽而让人感到惬意。大约，我们一直设想的更高级的集体形式就是这样吧。这幸福有时又让我忧伤，因为我知道这一切都是暂时的，我注定不能永远呼吸满足适意的空气，我需要痛苦与追逐。终有一天，我要从这美丽的爱之梦中醒来，再次孑然面对冰冷的世界，离开宁静的田园生活，代之以孤独和抗争。

因此我加倍温柔地流连于爱娃夫人身边，庆幸自己还能体味这美好与安宁。

暑假倏忽即逝，秋季学期即将来临，很快就要到告别的时间。我不愿深想，像蝴蝶挂在香甜的花上，享受最后的美好时光。在这段幸福的时光里，我第一次体会到生命的圆满，有了一个接纳自己的圈子。以后等待我的将是什么？也许我又要孤军奋战，饱受思念之苦，一个人做梦了。

一天，在某种强烈预感的驱使下，我对爱娃夫人的爱爆发了。上帝啊，我马上就再也见不到她了，再也听不到她有力的脚步穿过房间，书桌上看不到她采的花了！可我都做了什么？我只是在做梦，在适意中微醺，而不是去争取她，把她拉到自己的怀抱里。此时，我想起所有她关于真爱的话语，她无数的提醒、小小的诱惑，或许还有承诺——而我都做了什么？什么都没有，什么都没做！

我站在房子中央，调动所有的意识想着爱娃，希望通过心灵的力量让她感受到我的爱，让她来到我身边。她一定会来，会渴望我的拥抱，我要贪婪地吻遍她成熟的爱之唇！

我站在那里，全身绷紧，手脚冰凉，力气一点点从体内流失。一时间，身体里有什么东西收缩紧绷，明亮、清凉，好像心里结出了水晶。我知道，那就是我的自我。凉意一直爬到我的胸口。

等我从这可怕的紧张状态中回过神来，我感觉有事发生了。我累得要死，但还是准备迎接爱娃夫人，希望看到她热情快乐地走进我的房间。

一阵铁蹄声敲打着长长的街道，由远而近，越来越有力，在我门口停下。我跳到窗边，德米安从马上下来。我跑下楼。

"怎么了，德米安？是你母亲出什么事了吗？"

他没听见我的话，脸色苍白，汗水从额头流到颊上。他把马缰绳拴在花园的篱笆上，抓住我的手臂，和我一起沿街而下。

"你听到消息了吗？"他问。

我什么都不知道。

德米安按着我的手臂，仔细看着我，目光透着忧郁和同情。

"我的朋友，一切就要开始了。你知道德国和俄罗斯的紧张关系吧？"

"什么，是要开战了吗？我还从未当真。"

"还没有宣战，但肯定要爆发战争。我后来没跟你谈及此事，是不想惹你烦心。我们上次谈过以后，我又看到三个新的征兆。这不是世界末日，不是地震，不是革命，而是战争。你很快就会看到它会怎样开始，所有人都兴奋地期待着。他们的生活太平淡无奇了——但辛克莱尔，你会看到，这仅仅是开始。我们面临的可能是一场宏大的战争，但那也仅仅是开始。新的时代即将来临，而对因循守旧的人来说，新时代是可怕的。你会选择怎么做？"

我惊愕不已，这一切听上去陌生而不真实。

"我不知道。你呢？"

他耸耸肩。

"一旦动员，我就会参战。我现在已经是少尉了。"

"你？少尉？我怎么一点不知道？"

"那是我适应这个世界的角色。你知道，我一向不喜欢高调，但需要时也会矫枉过正。大概，再过八天吧，我就要上前线了——"

"天哪——"

"是的，小伙子，不过你不必多愁善感。原本我并不喜欢拿着武器对活人开火，不过这已经无关紧要了。我们每个人迟早都会卷入这巨大的齿轮，你肯定也会应征入伍的。"

"那你母亲呢，德米安？"

我才想起一刻钟之前发生的事。世界变化如此之快，我费尽力气得到的美好画卷，转瞬间，命运就给它戴上了一副咄咄逼人的可怕面具。

"不必担心，她很好，比所有的人都安全。——你这么爱她吗？"

"你早就知道，德米安？"他爽朗地笑了，笑得无拘无束。

"小家伙！我当然知道，凡是叫她爱娃夫人的都是这样。还有，你今天呼唤我还是她了？"

"是的，我呼唤了——我在心里呼唤了爱娃夫人。"

"她感觉到了，所以让我来找你。我刚把俄罗斯的消息告诉她。"

我们俩开始往回走，没再说话。他松开缰绳，上了马。

回到房间后我才发现，德米安的消息和前面的紧张状态让我身心疲惫。但是，爱娃夫人听到我了！我通过自己的意念到达了她的心灵！她本来要自己来的，如果不是——一切本该那么美妙，那么特别！可是，战争就要来了，我们无数次谈论过的事就在眼前。德米安超前预知了这一切，世界的滚滚洪流不仅仅从我们身边经过，而且直接穿过我们的内心。冒险家的命运在呼唤，这一刻，世界需要我们，就在它发生转变的时刻！德米安说得对，这没什么好多愁善感的。这一次，我竟然要与许多志同道合者，与整个世界一起去经历自己孤独的".命运"。很好，就让它来吧！

我已经准备好了。傍晚，我穿过城市，发现每个角落都躁动不安，人们到处都在呼喊"战争，战争"！

我来到爱娃夫人家，我们一起在花园小屋里吃晚餐。我们谁都没有提起战争的事。夜深了，我准备离开，爱娃夫人说："亲爱的辛克莱尔，你今天召唤我了。我想你应该知道我为什么没有亲自去。但你要记住：你已经学会了呼唤，将来需要有印记的人时，你该知道怎么做了。"

她起身离去，穿过暗夜中的花园。在静静的林间，她高大的背影显得庄严、神秘。天空之上，无数星星闪着温柔的光。


故事已接近尾声。一切进展得很快，战争爆发，穿上银灰色制服的德米安略显陌生，离开我们上了战场。我把他母亲送回家，很快，我们也该告别了。她吻了我的嘴唇，拥抱着我，大眼睛紧紧盯着我的双眼。

一夜之间，所有人都成了兄弟姐妹，大家都在谈论"祖国"和"荣誉"，其实他们看到的是天命露出的面孔。小伙子们离开军营登上列车，很多人脸上都有印记——和我们的不一样，他们的印记美丽而庄严，象征着爱与死亡。陌生的人们相互拥抱，我理解他们的心意，也回抱他们。然而，他们做这些是出于某种陶醉而不是因为知道了自己的天命。他们的行为神圣而令人感动，因为众人对命运之眼做了那短暂的惊人一瞥。

我到达前线时，已临近冬季。

起初，能真枪实弹地射击让我激动了好一阵子，但总体却很让人失望。以前我常想，为什么人们不能为自己的理想而活，而现在我看到的是，几乎所有人都可以为了理想去死，只不过那个理想不是个人自由的选择，而是共有的、从他人那里承继来的。

后来，我发现自己低估了大家。尽管共同的义务和危险使他们变得同一化，但很多人，无论活着的还是死去的，都庄严地将自己献给了天命。许多人，有太多的人，从参战开始，一直坚定地、有些着迷地望着远方，在不清楚自己的目标时能够全情投入。这些人，无论他们相信什么，认定了什么，都已经准备就绪，随时愿意为之付出。未来将由他们铸就。世界越是执着于战争和英雄主义、荣誉和陈旧的理想，虚假人性的每一个声音听上去就越遥远，越不真实。这些只是表象，询问战争和政治的意义也都流于表面，而表象下面的深处，有什么正在形成，像一种新的人性。我看到许多人——有的就在我身边死去，他们凭直觉以为，仇恨与愤怒、杀戮与消灭和对象并无关联。对象和目标是偶然的。原初的感情包括最蛮荒的感情，并不针对某个对象，它们血腥的作品只是内心的反应，分裂的灵魂需要暴怒和杀戮，需要消灭和死亡，以便重生。巨大的鸟从蛋壳里挣脱出来，蛋是世界，而世界必将成为废墟。

我们占领了某个农庄。初春的夜里我在站岗，微风阵阵吹过，云团飘过高高的佛兰德的天空，后面隐隐约约的是月亮。那天我一直觉得不安，心中一股无以名状的烦恼。站在夜色里，我开始回忆迄今为止的人生，想着爱娃夫人和德米安。我靠着一棵白杨树，凝望着移动的天空，黑暗中有一片闪闪的光亮，迅速生成一个个巨大的膨胀的画面。我感到自己的脉搏微弱起来，皮肤对风雨的感觉越来越迟钝，但心里却十分清醒：我的人生导师就在我身边。

我在云里看到一座庞大的城，成千上万的人拥出来，散落到广阔的田野上。有一个巨大的神，头发上闪着星光，高大如山，是爱娃夫人的样子。她像一个巨大的洞穴，队伍消失在这洞穴里。女神蹲在地上，额头上的印记闪闪发光，似乎被噩梦施展了魔力。她闭上眼，面容痛苦地扭曲，突然大叫一声，额头迸出成百上千闪耀的星星，在夜空中划过美妙的弧线和半圆。

其中一颗星带着刺耳的响声向我呼啸而来，仿佛在寻找我，咆哮着喷出万千火花，将我掀起又摔到地上。世界轰的一声，在我身上崩溃了。

人们在白杨树边找到了我，满身泥土和伤痕。

我躺在地下室里，听到远处隆隆的炮声。一会儿，我又躺在一辆车里，在空旷的田野上颠簸。大部分时间我在睡觉，或者昏迷。睡眠越深，我越感觉有东西在拉着我，我只好跟随它。那是我的主宰。

我躺在马厩里，身下铺着干草。四周一片漆黑，有人踩到了我的手。我的内心有一股巨大的力量拉着我继续前行。我再次躺在一辆车里，然后又换了担架或梯子。我强烈地感觉到有谁在命令我，我只渴望去到那里。

终于到达了目的地。夜里，我的意识完全清醒了，依然感到强烈的渴望。我躺在一个大厅的地板上，感觉到了自己被召唤去的地方。我环视四周，紧挨着我的床垫上躺着另一个人，他起身看我，头上有印记，那是马克斯·德米安。

我说不出话。他也是，或者他是不想说话，只注视着我。墙上挂灯的光笼罩在他脸上。他对我微笑。

他久久凝视着我的眼睛，不愿离去，慢慢把脸凑过来，我们俩几乎碰到一起。

"辛克莱尔！"他轻声喊。

我用眼神回应，表示我听到了。

他又笑了，几乎带着同情。

"小家伙！"他微笑着说。

他的嘴几乎碰到了我的。他轻声继续说。

"你还记得弗朗茨·克罗默吗？"他问。

我眨眨眼，还能笑。

"小辛克莱尔，听着，我得走了，你或许还会需要我，对付克罗默或是别的什么。你再叫我时我不能这么骑着马过来，或是坐火车来。你要仔细聆听自己的声音，你会发现我就在你心里。明白吗？——还有，爱娃夫人说，要是你感觉不舒服，就让我替她给你一个吻，她已经交给我了⋯⋯闭上眼睛，辛克莱尔！"

我乖乖闭上眼睛，唇上感到一个轻轻的吻。我嘴唇上还沾着一点血，总不愿褪去。之后我就睡着了。

早晨我被叫醒，需要重新包扎。彻底清醒过来以后，我看向旁边的垫子。一个从没见过的陌生人躺在那里。

包扎的伤口处很疼，所有后来发生的事都让我觉得疼。有时我能找到钥匙，下潜到自我深处，在昏暗的镜子里看到命运之象在那里浅睡，我只需朝着镜子躬身，就能看到自己的样子，这个我和**他**一样，**他**，就是我的朋友和导师。

# 诺贝尔文学奖颁奖词

瑞典学院常务秘书安德斯·奥斯特林

　　今年的诺贝尔文学奖获得者是一位德裔作家，他广受评论界赞誉，冷静面对公众的喜爱，进行自己的创作。现年六十九岁的赫尔曼·黑塞作品甚丰，包括长篇小说、短篇小说以及诗歌，部分已经译为瑞典语。

　　与其他德国作家相比，他较早避开了政治压力；第一次世界大战期间，他定居瑞士，并于1923年获得瑞士国籍。但不应忽视的是，他的出身与个人关系一直都让他有充分理由认同自己既是瑞士人，也是德国人。在战争中避难于中立国，他因此可以在相对安宁的环境里继续自己重要的文学创作；如今，他与托马斯·曼一样，是现代文学中德国文化遗产的最佳代表。

　　要理解构成黑塞个性的那些相当令人惊异的元素，就必须知道他的个人背景。在这一点上，黑塞比大多数作家都要突出。他来自一个虔信宗教的施瓦本家庭。他的父亲是一位闻名的教会史学家，母亲则是一位传教士的女儿。她有法国血统，在印度受的教育。理所当然，赫尔曼也将要成为一名牧师，于是他被送到了毛尔布伦修道院的神学院。不过他逃出了神学院，跟一位制表匠做学徒，后来在图宾根和巴塞尔的多家书店工作。

年轻时对所继承的虔敬的反叛——但这种虔敬一直保存在心底——在一次痛苦的内心危机中再次出现；那是1914年，作为一个思想成熟之人，也是公认的地区文学名家，他走上了新的道路，远离了他此前田园牧歌式的路径。简要而言，导致黑塞作品这一深刻变化的有两个因素。

第一个当然是第一次世界大战。战争伊始，他想对激动的同行们发表一些关于和平与思考的意见，在自己的小册子中使用了贝多芬的格言"啊，朋友们，何必老调重弹"[1]，这引发了抗议风暴。他遭到德国新闻界的野蛮攻击，显然对这种经历深感震惊。他认为，这证明了自己长久以来所相信的整个欧洲文明已经患病，正在腐坏。必须是处

---

1 贝多芬《第九交响曲》第四乐章"欢乐颂"第一句歌词，原文是"O Freunde, nicht diese Töne"。该乐章歌词为席勒所创作的诗歌。

于公认规范之外的东西才能带来救赎，可能是来自东方的启示，也可能是深藏于无政府主义理论——用更高的统一来解决善与恶——之中的核心思想。这时，他极为苦恼，满腹怀疑，便到弗洛伊德的精神分析中去寻找解决之道，急切地身体力行，这在黑塞该时期日益胆壮气盛的作品中留下了永久的痕迹。

这场个人危机在《荒原狼》(1927) 这部离奇的小说中得到了极大程度的表现，小说受灵感启发，叙述了人性的分裂，以及一个处在日常生活的社会和道德观念之外的个体内心欲望和理性之间的张力。用这样一则关于一个无家可归、如狼般狩猎、饱受神经衰弱症折磨的男人的寓言，黑塞创作了一部无可匹敌、极具爆发性的作品，它危险甚至可能致命，但同时，在处理主题过程中所融合的嘲讽性的幽默和诗意，又具有解放意义。尽管有着突出的现代问题，但黑塞在这里甚至保存了一种最优秀的德国传统的延续性；这个极度具有影射性的故事最容易让人想起作家 E. T. A. 霍夫曼[1]，《魔鬼的万灵药》的作者。

---

1 E. T. A. 霍夫曼 (E. T. A. Hoffmann, 1776—1822)，德国作家，常在作品中以讽喻手法揭示人性中带有悲剧性或荒诞的方面，著有长篇小说《魔鬼的万灵药》《公猫摩尔的人生观》等。

黑塞的外祖父是著名印度学家贡德特。因此，甚至在童年时，作家就已经感受到了印度智慧的吸引力。当他成年以后前往所倾慕的国家旅行时，他确实没有解开生命的谜团，但是佛教的影响很快进入他的思想，这种影响绝不限于《悉达多》(1922);《悉达多》是一个优美的故事，讲述了一位年轻的婆罗门如何在世上找寻生命的意义。

黑塞的创作结合了如此多样的影响，从佛陀和圣方济各到尼采和陀思妥耶夫斯基，以至于人们可能会怀疑，他主要是一位不同哲学的折中实验者。但这种观点大错特错。他的真诚与他的严肃是其创作的基础，即便是在处理最为恣肆的主题时都保持着妥善的控制。

在他最完善的中篇小说中，我们既要直接地也要间接地面对他的个性。他的风格一向令人赞佩，无论是表现叛逆与超凡的狂喜，还是表现冷静的哲学思考，都同样完美。在《回想录》(1937) 中，绝望的盗用公款者克莱因——他逃往意大利以求最后的机会——的故事，以及对他已故兄弟汉斯所做的至为冷静的描绘，都是不同方面的创造性的纯熟范例。

在黑塞近期的创作中，小说巨著《玻璃球游戏》(1943) 占据着特殊地位。这是一个关于神秘思想秩序的幻想，在英雄气质和苦修风格的水平上与耶稣会士相同，其基础则是运用沉思冥想作为一种治疗方法。小说有一种绝对必要的结构，在这一结构中，"游戏"的概念及其在文明中的作用，与荷兰学者赫伊津哈[1]对"游戏的人"（Homo ludens）所做的精妙研究有着令人称奇的相似性。黑塞满怀壮志。在崩溃时期，保存文化传统是一项意义重大的任务。但是通过把文化转变成仅属于极少数人的狂热追求，并不能让文化永久保持活力。如果有可能把多样化的知识缩减成抽象的公式体系，那我们一方面有证据说文明依赖于有机体系，另一方面则可以说这种高等知识并不能被认为是永久的。它就像玻璃球一样脆弱、容易毁坏；在瓦砾堆中找到这些闪闪发光的玻璃球的孩子不再明白它们意味着什么。这种哲理小说容易遭遇被称为深奥难解的风险，但黑塞用该书格言中几行温和的话为自己做了辩护："……在某些情况下，对于不负责任者而言，不存在之物可能比存在之物更易描述，付诸语言时也可承担更少责任，而在虔敬又谨严的历史学家这里，情况则相反；没有什么比语言更能破坏描述，也没有什么比把那些既不能证

---

1　赫伊津哈（Johan Huizinga, 1872—1945），荷兰历史学家，著有《中世纪的衰落》《伊拉斯谟》等。

实又不能探究其存在之物呈现于人们眼前更为必要，但正因为这个，虔敬又谨严的人们在一定程度上将它们作为存在之物来对待，以便他们有可能向着自己的存在与未来更进一步。"

如果说对黑塞作为一位散文体作家的声誉评价不一，那么他作为一位诗人，其声望是从未遭到任何质疑的。自从里尔克[1]和格奥尔格[2]去世之后，他便是我们时代最为重要的德语诗人。他将细腻纯净的风格与打动人心的情感温度相结合，具有音乐性的形式在我们时代里无人可以超越。他在延续歌德、艾兴多夫[3]和莫里克[4]的传统的同时，以自己独一无二的色彩使这一传统的诗歌魅力焕然一新。他的诗集《夜的慰藉》（1929）以非比寻常的澄澈不仅映照出他激动的内心、他健康和患病的阶段、他严苛的自我审视，也映照出他对生命的投入、他在绘画中感受到的欢愉以及他对自然的崇拜。后来的《新诗集》（1937）则充

---

1　里尔克（Rainer Maria Rilke, 1875—1926），奥地利象征主义诗人，著有《图像集》《杜伊诺哀歌》等，诗作注重语言形象与音乐节奏，比喻奇特，想象突兀。

2　格奥尔格（Stefan George, 1868—1933），德国诗人，著有《灵魂之年》《第七枚戒指》等，主张"为艺术而艺术"。

3　艾兴多夫（Joseph von Eichendorff, 1788—1857），德国诗人、小说家，著有诗歌《破碎的小戒指》《在清凉的土地上》等，诗作多描写自然景色，有民歌特点。

4　莫里克（Eduard Mörike, 1804—1875），德国诗人、小说家，著有诗歌《博登湖的牧歌》《九月的早晨》等，诗作自然质朴。

溢着暮年的智慧和忧郁的经历，显示出对形象、情绪和旋律的高度敏感性。

在概括性的介绍中，不可能公平地涵盖这位作家诸多处在变化中的特质，正是这些特质令他在我们眼中具有独特的吸引力，也为他赢得了忠实的追随者。他是一位有争议但也自我坦白的诗人，具备德国南部丰富的思想，这一思想在他极为个人化的自由和虔敬的混合中得到了表现。他有着充满激情的反抗倾向，一旦所涉题材对他来说是神圣的，胸中就燃起把梦想家转变成斗士的不灭火焰；如果忽视了这一点，那么人们或许会称他为浪漫主义诗人。黑塞在一篇文章中说，人绝对不能满足于现实，既不应该热爱现实，也不应该膜拜现实，因为这个永远让人失望、卑劣又荒凉的现实是无法改变的，除非证明我们有更为强大的力量，以此来否认它。

授予黑塞此奖并非仅仅是肯定他的盛名，更是向他的诗歌成就致敬；这一成就充分展现了一个奋力斗争的善良之人的形象，他以世所罕见的忠实恪守天职，在一个悲剧性的时代成功地握紧了保卫真正人道主义的武器。

很遗憾，由于健康原因，诗人无法来到斯德哥尔摩。瑞士联邦共和国公使将代替他领奖。

阁下，现在请您接受瑞典学院评出并由国王陛下亲手颁予您的同胞赫尔曼·黑塞的诺贝尔文学奖。

（韩继坤　译）

# 诺贝尔文学奖领奖词 [1]

值诸位此次欢乐相聚之时，我要送上热情而充满敬意的问候，同时，首先为自己未能亲身前来参加而深表遗憾，其次则要向诸位表达谢意。我的健康状况历来脆弱，自1933年后，多次病痛已经毁掉了我的毕生事业，一次复一次在我肩上压上重担，让我永久成为伤病之躯。但我的思想并未折损，我感觉与诸位并无二致，同样认同那种激励诺贝尔基金会的理念，即思想是国际性的、超越民族的，不应服务于战争或者毁灭，而应服务于和平与调停。

不过，我的理想并非要模糊民族个性，这会导致人类在心智上千篇一律。相反，我愿看到在我们所生活的这个可爱世界上，所有形式和色彩的多样化能够长久存在。如此多的种族、

---

1　由于黑塞未能出席1946年12月10日在斯德哥尔摩市政厅举行的诺贝尔奖晚宴，该领奖词由瑞典首相亨利·瓦洛通代为宣读。

如此多的民族、如此多的语言、如此多样的态度与观念能够并存，这是一件美妙的事情。如果说我对战争、征服和吞并抱有难以调和的恨意与敌意，那我有众多理由这样做，而且还因为，如此多自然成长起来的、高度个体化的、差异极大的人类文明成就，已经沦为这些黑暗力量的受害者。我厌恶这种"宏大的简化者"(grands simplificateurs)，我热爱高度的质感，热爱无法模仿的技艺和独特性带来的感受。作为对你们满怀谢意的客人与同道中人，我要向你们的国家瑞典致意，向她的语言和文明致意，向她的悠久而令人自豪的历史致意，向她在塑造和维持其独特个性方面的坚持不懈致意。虽然我从未去过瑞典，但自从我收到来自瑞典的第一件礼物开始，数十年来，曾有许多美好事物从你们的国家来到我身边；这第一件礼物是四十年前的一本瑞典书，第一版的《基督传奇》，书中有塞尔玛·拉格洛夫[1]的个人献词。在这些年里，我与你们的国家有过珍贵的相互往来，直到最后，你们以这样一件伟大的礼物让我感到了惊喜。请容许我向你们表示深挚的感谢。

（韩继坤　译）

---

1　塞尔玛·拉格洛夫（1858—1940），瑞典作家，著有《耶路撒冷》《骑鹅旅行记》等，1909年获得诺贝尔文学奖。